**Gisela Maria Stiens** ist auf einem westfälischen Bauernhof aufgewachsen und war in ihrer Jugend immer mit Tieren zusammen. Schon immer war das Schreiben ihre Lieblingsbeschäftigung. Unter ihrem Klarnamen hat sie bereits mehrere Kriminalromane und spannende Kinderbücher veröffentlicht.

# GISELA MARIA STIENS

# Herzklopfen unterm Weihnachtsbaum

Überarbeitete Neuausgabe Dezember 2021

© 2021 dp Verlag, ein Imprint der dp DIGITAL PUBLISHERS GmbH

Made in Stuttgart with ♥
Alle Rechte vorbehalten

*Herzklopfen unterm Weihnachtsbaum*

ISBN 978-3-98637-407-5
E-Book-ISBN 978-3-98637-126-5

Copyright © 2019, dp Verlag, ein Imprint der dp DIGITAL PUBLISHERS GmbH
Dies ist eine überarbeitete Neuausgabe des bereits 2019 bei dp Verlag, ein Imprent der dp DIGITAL PUBLISHERS GmbH erschienenen Titels Herzklopfen unterm Weihnachtsbaum
(ISBN: 978-3-96087-895-7).

Covergestaltung: Anne Gebhardt
Umschlaggestaltung: ARTC.ore Design
Unter Verwendung von Abbildungen von
shutterstock.com: © Andrew Mayovskyy , © LilKar,
© Grinchenkova Anzhela, © Delbars
stock.adobe.com: © Tijana
elements.envato.com: © dandelionery, © M-e-f, © ivanrosenberg
Lektorat: Daniela Pusch
Satz: dp DIGITAL PUBLISHERS GmbH
Druck und Bindung: Books on Demand GmbH, Norderstedt

# 1. Kapitel

Tessa holte tief Luft. Endlich Feierabend. Sie fuhr den Computer runter, schloss ihren Schreibtisch ab und verließ das Büro. In ihrem Kopf hämmerte es. Sie brauchte dringend frische Luft. Sie ignorierte den Fahrstuhl und nahm die Treppe, denn die Kopfschmerzen ließen sich durch Bewegung sicher am besten vertreiben.

Schon am Mittag hatte sie eine Tablette genommen, die aber nur kurz gewirkt hatte, gerade so lange bis Herr und Frau Zimmer sich in der Besucherecke ihres Büros niedergelassen hatten, und an Tessas mühsam erstellten Vorschlägen zur Renovierung ihres Hauses herummäkelten.

Tessa war Innenarchitektin bei der Firma Mannsen & Brauer. Mannsen & Brauer bot einen Komplettservice für Wohn- und Geschäftshäuser an, der von Rohbau bis zur Inneneinrichtung reichte. Die Firma gehörte den Eltern von Tessas Freund Thomas Mannsen.

Tessa war eine von drei Innenarchitektinnen, die sich um die Kundenwünsche kümmerten. Das Ehepaar Zimmer hatte allerdings an Tessas Vorschlägen derart viel auszusetzen, dass sie letztendlich mit dem Paar übereinkam, alle Pläne noch einmal zu überarbeiten.

Eigentlich konnte Tessa gut damit leben, wenn sie Änderungen einarbeiten musste, schließlich wollte sie, dass die Leute zufrieden waren. Doch Adele und Kurt Zimmer hatten die Pläne schon mittlerweile zum dritten Mal umgeworfen, obwohl Tessa sich genau an die gewünschten Vorgaben gehalten hatte. Plötzlich hatte das Paar die Wünsche von zuvor wieder revidiert und Tessa ahnte, dass auch die vierte Version ihrer Pläne erneut von dem Paar als inakzeptabel verworfen werden würde. Die Leute wussten einfach nicht, was sie wollten.

Aufatmend kam Tessa im Parterre an, winkte dem Pförtner freundlich zu und lief nach draußen.

Es war dunkel und regnete in Strömen. Klar, das Ehepaar Zimmer hatte Tessa bis neunzehn Uhr beschäftigt, und war dann mit dem Wunsch abgezogen, dass Tessa die Pläne noch einmal komplett erneuern sollte.

Sekundenlang stand Tessa unterm Vordach und sah in den Regen hinaus. Das rechteckige Bürogebäude war fünfstöckig und verfügte über eine riesige Fensterfront zur Straße hin. Über dem gläsernen Rund des Eingangs war in riesigen Blockbuchstaben die Firmenbezeichnung angebracht, die bei Dunkelheit weithin leuchtete. Ihr Auto stand ganz hinten auf dem Parkplatz und im Bürohaus hinter ihr war es fast dunkel. Nur das Fenster im dritten Obergeschoss, im Büro von Toms Vater, war noch erleuchtet.

Tessa blickte nach oben. Der Regen rann an der Fensterfassade entlang bis hinunter zu den Pfützen am Boden. Trotz der frischen Luft hämmerte es noch immer in ihrem Kopf, als sei ein Bauarbeiter dabei, hunderte von Nägeln einzuschlagen. Plötzlich bewegten sich ihre Beine fast ungewollt vorwärts. Langsam und gemütlich ging sie über den Platz und genoss den Regen, der in Kürze ihren dünnen Mantel durchweichte. Als sie endlich vor ihrem Auto stand, lief das Wasser aus ihren

Haaren, aber die heftigen Kopfschmerzen hatten sich ein klein wenig gebessert. Tessa zog den pitschnassen Mantel aus, warf ihn auf den Beifahrersitz und fuhr langsam los.

*** 

Die kleine Dreizimmerwohnung, die sie gemeinsam mit Tom bewohnte, lag im zweiten Stock eines Vierparteienhauses in einer von Bäumen bewachsenen Straße. Bei der Einrichtung hatten Tessa und Tom ganz auf weiße Möbel gesetzt. Mit bunten Drucken und hübschen Vorhängen hatte Tessa die vier Wände gemütlich eingerichtet. Froh endlich Feierabend zu haben, stürmte sie die Treppe hoch.

Tom wartete schon ungeduldig auf sie.

„Wo bleibst du denn?", fuhr er sie im Flur ihres Appartements wenig liebevoll an und ergänzte grinsend, nach einem Blick auf ihre nassen Haare: „Oh, wolltest du beim Duschen Wasser sparen, oder was hat dieser pitschnasse Auftritt zu bedeuten?"

Tessa war nicht in der Laune für Scherze und giftete zurück: „Auf deine blöden Kommentare kann ich verzichten!" Sie hängte ihren nassen Mantel auf einen Bügel an der Garderobe im Flur, legte ihre Tasche samt Schlüssel auf dem halbhohen, schmalen Tischchen neben dem Wandspiegel ab und wollte an Tom vorbei.

Doch er hielt sie am Arm fest und sah sie jetzt verärgert an. „Ach? Auch noch beleidigt!", protestierte er. „Ich warte seit einer geschlagenen Stunde auf dich und du wirst auch noch frech!"

„Bedank dich doch bei den Zimmers. Die haben mich zwei Stunden lang beschlagnahmt." Tessa wollte nur noch ihre Ruhe und steuerte das Bad an, als ihr auffiel, dass Tom seinen Anzug trug. „Willst du noch weg?"

Tom riss die Augen auf. „Was meinst du wohl, warum ich hier auf dich warte? Wir sind bei meiner Schwester zum Abendessen eingeladen. Sie hat Geburtstag. Schon vergessen?"

„Oh, nein." Tessa stöhnte. „Ich hab Kopfschmerzen, bitte Tom, geh allein. Ich kann nicht!"

„Ach ne, damit kommst du jetzt!" Tom schien echt sauer. „Und warum hast du mich nicht angerufen? Es ist gleich acht. Ella und Linus warten schon fast eine Stunde auf uns."

„Ich hab's vergessen. Bitte, Tom, geh allein. Ich kann jetzt nicht", bat Tessa. „Sieh mal, wie ich aussehe."

Tom runzelte die Stirn, sah sie wütend an, griff nach seinem Mantel, und stürmte wortlos zur Tür.

Tessa sah ihm gefrustet nach und ging ins Bad. Als sie herauskam, hatte sie ihr mittelblondes, schulterlanges Haar unter einem Turban versteckt, den sie aus einem Handtuch gedreht hatte, und das strenge Kostüm gegen einen kuscheligen Hausanzug getauscht. Tessa checkte ihre Handynachrichten durch und legte sich aufs Sofa.

Das Wohnzimmer war Tessas Lieblingsraum. Hier war sie von dem ansonsten schlichten, praktischen Stil der anderen Möbel abgewichen und hatte sich für verspielte, weiße Landhausmöbel entschieden. Da Tom ihr die Gestaltung zum großen Teil überlassen hatte, wandte sie ihre ganze Energie auf, um eine Oase der Ruhe zu schaffen. Mitten im Raum stand der

Couchtisch mit den leicht gebogenen Füßen auf einem dunkelroten Teppich, der auf dem hellen Laminatboden einfach super wirkte. Gegenüber vom Fenster war eine weiße, schlichte Schrankkombination im Landhaus-Stil der Hingucker schlechthin. In der Mitte war ein Bücherregal, das beidseitig von je einem Glasschrank eingerahmt wurde. Die wie beim Tisch leicht gebogenen Füße wirkten nicht nur elegant, sondern waren auch hoch genug um darunter problemlos Staub zu wischen, was Tessa als großes Plus empfand, denn Tom betätigte sich äußerst selten an der Hausarbeit. Das bis zum Boden reichende Fenster wurde umrahmt von zarten, weißen Tüllgardinen mit einem Rosenmuster. Die gemütliche Sitzgruppe, die seitlich der Tür stand, passte farblich zum Teppich und bestand aus dem Sofa und zwei Armsesseln. Tessa hatte cremefarbene Kissen dazu gekauft und auch die Decke, in die sie sich nun kuschelte, war aus einem plüschigen Stoff in creme.

Ihre Gedanken wanderten zu Tom. Tessa kannte Tom schon seit Kindeszeiten. Sie hatten die gleiche Schule besucht, zur selben Zeit Abitur gemacht, wenn auch in verschiedenen Klassen, und beide hatten fast zeitgleich mit dem Studium begonnen. Tom hatte gezielt sein Studium im Bauwesen gemacht, weil er die Baufirma seines Vaters übernehmen wollte. Tessa hatte nach ihrer Tischlerinnenausbildung Innenarchitektur studiert und wollte ursprünglich erst ein paar Jahre ins Ausland, um sich dort ein wenig in ihrem Beruf umzusehen. Beim fünfjährigen Abiturtreff hatte sie plötzlich Tom gegenübergestanden.

Den ganzen Abend waren sie zusammen gewesen und später einträchtig zu Toms Wohnung gegangen. Seitdem waren sie ein Paar. So kam es, dass Tessa nach Anschluss des Studiums anstatt ins Ausland zu gehen, die Stelle bei Mannsen & Brauer antrat.

Tessa seufzte. Sie waren so verliebt gewesen die ersten Jahre, doch in letzter Zeit war irgendwie alles anders. Der Stress in der Firma, die drängenden Fragen von Toms Eltern nach einer Heirat und auch Tessas Wunsch, endlich doch noch ihre Auslandserfahrungen zu sammeln, hatten ihre Beziehung verändert.

Seit einem Jahr wohnten sie zusammen. Ausgerechnet in dieser Zeit war die Liebe irgendwo verlorengegangen.

Genau wie vorhin, als Tom einfach gegangen war. Früher hätte er sie getröstet, ihr die Schultern massiert und wäre vielleicht sogar mit ihr zu Hause geblieben. Jetzt hatte er noch nicht einmal angerufen und gefragt, wie es ihr ging. Seufzend dachte sie an die zärtlichen Momente ihrer Beziehung, die nun schon so lange zurücklagen. Sie brauchten Urlaub. Alle beide.

Das war die Idee. Tessa holte ihren Laptop hervor und blätterte Reiseangebote durch. Im Sommer hatten sie nur zwei Wochen Urlaub gemacht, denn Tom musste wegen des Geschäfts frühzeitig abreisen. Aber jetzt, Ende November, war es doch bestimmt möglich, für ein paar Tage dem Stress zu entfliehen und in die Sonne zu reisen. Gedacht, gebucht.

Tom würde Augen machen, wenn sie ihm die Tickets unter die Nase hielt. Fünf Tage Fuerteventura all inclusive im Tophotel. Tessa war so begeistert von ihrer Idee und davon, dass sie sofort über das Internet die

Reisebestätigung bekam, dass sie überhaupt nicht daran dachte, sich mit Tom abzusprechen. Sie wusste, dass er das Meer und die Sonne liebte, und sie träumte von unvergesslichen Tagen am Strand. Die Kopfschmerzen waren endlich weg. Nachdem sie die Reisebestätigung ausgedruckt hatte, legte sie sich auf das Sofa und kuschelte sich unter die Decke.

\*\*\*

Ein wütender Fluch schreckte sie auf.

„Spinnst du?" Breitbeinig und stand Tom vor ihr, ein Blatt Papier in der Hand.

Tessa rieb sich die Augen. „Was ist denn?", fragte sie verschlafen.

„Was ist denn?", wiederholte Tom höhnisch und warf ihr das Blatt zu. „Das frage ich dich! Bist du etwa nur zu Hause geblieben, um diese dusselige Reise zu buchen?"

„Ich, ich wollte …", stotterte sie noch immer völlig perplex über seine heftige Reaktion.

Tom unterbrach sie harsch: „Diese Reise stornierst du sofort. Hast du verstanden?"

Tessa war endlich richtig wach und schluckte. „Ich wollte dir doch eine Freude machen."

„Ein Freude? Sag mal, hast du immer noch nicht begriffen, worum es geht?", brüllte Tom. „Ich will diese Firma führen, und wenn ich ständig Urlaub mache, wird das kaum klappen."

„Aber deine Eltern …"

„Meine Eltern haben diese Firma aufgebaut und ich will sie voranbringen", sagte er nun leise, aber nicht weniger wütend. „Bisher dachte ich, dass du dafür genau die richtige Partnerin bist, aber mittlerweile bekomme ich arge Zweifel. Nachdem ich gehört habe, wie lustlos du die Pläne des Ehepaars Zimmer erstellt hast."

„Das Ehepaar Zimmer weiß nicht, was es will, von lustlos kann keine Rede sein", verteidigte sich Tessa.

„Ach, und warum haben sich die Zimmers bei meiner Mutter beschwert?", fragte Tom spöttisch. „Du brauchst dich nicht mehr mit ihnen herumschlagen. Meine Mutter erledigt das jetzt."

Tessa sprang auf. „Ach so. Jetzt bin ich plötzlich nicht mehr gut genug", fauchte sie, warf ihm das Kissen an den Kopf, auf dem sie gerade noch geschlafen hatte, und stürmte ins Schlafzimmer.

Hastig holte sie den Koffer vom Schrank und warf wahllos Sachen hinein. „Was wird das denn jetzt?" Tom stand in der Tür, ein Glas Brandy in der Hand.

Tessa gab keine Antwort.

Tom stellte das Glas ab und riss sie an den Schultern zu sich herum. „Pack sofort den Koffer wieder aus!"

Tessa schubste ihn aufs Bett und sagte leise: „Ich habe gedacht, du liebst mich. Da hab ich mich wohl geirrt."

Tom starrte sie an. „Tessa, was soll denn das. Natürlich liebe ich dich."

Tessa kämpfte mit den Tränen. Hastig schnappte sie sich ihren Koffer und verließ das Zimmer.

Im Wohnzimmer sah sie ihren Laptop dort liegen, steckte ihn in die Tasche und wollte gerade die Wohnung verlassen, als Tom wieder hereinkam. „Tessa, bitte bleib", sagte er. „Es tut mir leid."

Tessa sah ihn an, wie er da stand. Am liebsten wäre sie ihm um den Hals gefallen und hätte sich an ihn gekuschelt, aber seine Worte brannten auf ihrer Seele und sie sagte leise: „Ich brauche ein paar Tage Urlaub, ich fühle mich nicht wohl." Das Letzte, was Tessa sah, war der entsetzte Ausdruck auf Toms Gesicht. Liebte er sie doch noch?

\*\*\*

Es regnete immer noch und die Scheinwerfer von Tessas Auto fraßen sich langsam durch den Regenschleier über die menschleeren, mitternächtlichen Straßen. Das Wetter passte zu ihrer Stimmung, und während sie fuhr, musste sie immer wieder die Tränen abwischen, die ihr über das Gesicht rannen.

Ihr Wagen rollte wie selbstverständlich zum Haus ihrer Eltern, aber plötzlich stoppte sie. Sie wollte keine Fragen beantworten und auf die guten Ratschläge ihrer Mutter konnte sie auch verzichten. Sie seufzte, während sie an das schöne Zimmer im Obergeschoss dachte, das ihre Mutter immer für sie bereithielt. Am liebsten würde sie wortlos im Haus ihrer Eltern nach oben laufen, sich aufs Bett werfen und sich den ganzen Frust von der Seele weinen.

Minutenlang zögerte Tessa, dann wendete sie entschlossen das Auto und fuhr ein paar Straßen zurück. In einer Seitenstraße hatte ihre beste Freundin Anke Mertens eine Singlewohnung gemietet. Sie parkte unten vor dem Haus und sah hinauf. Das ganze Haus war dunkel, nur der Eingang war schwach beleuchtet wie immer in der Nacht.

Tessa stellte den Motor ab und blieb sitzen. Plötzlich kamen ihr Bedenken, ob es wirklich ratsam wäre, Anke mitten in der Nacht zu stören. Vielleicht hatte sie gerade Besuch. Und wenn sie gar nicht zu Hause war und bei ihrem Freund schlief?

Tessa wusste, dass Anke einen Freund hatte, sie erzählte allerdings nur wenig von ihm. Aber wenn sie bei ihm schlief, trafen sie sich in einem kleinen Hotel in der Nähe. Tessa hatte Anke schon mehrmals gefragt, aber die Freundin wich immer aus, wenn es ins Detail ging. Sie hatte nur verraten, dass der Mann verheiratet war, und sie sich deshalb nur heimlich trafen.

Tessa holte tief Luft und startete den Wagen wieder. Nein, so mitten in der Nacht wollte sie Anke nicht stören. Sie fuhr langsam an, als ihr auf der anderen Straßenseite eine Frau mit einem Regenschirm auffiel.

Tessa ließ die Scheibe herunter. „Anke, was machst du hier mitten in der Nacht?"

Der Schirm wurde zugeklappt. „Das Gleiche könnte ich dich fragen, Tessa."

Tessa musste lachen, zum ersten Mal an diesem Abend. „Willst du nach Hause?"

„Warum sonst wohl steh ich hier und will rüber?" Anke lachte jetzt auch, ein zaghaftes Lachen, in dem eine unendliche Traurigkeit lag.

Tessa stellte den Wagen wieder ab und stieg aus.

Anke kam herüber und fragte: „Wolltest du zu mir?"

Tessa nickte. Sie standen nun direkt unter der Laterne und Tessa sah die Tränenspuren in Ankes Gesicht. „Sollen wir gemeinsam unseren Frust begraben?"

Die Freundin nickte und sie gingen in Ankes Wohnung hinauf.

Die Wohnung lag direkt unterm Dach und hatte einen hübschen Balkon, der einen fantastischen Blick über die ganze Stadt bot. Die Wohnung war schick und modern eingerichtet.

Anke hatte die weißen Möbel mit einer hellbraunen, ledernen Sitzgruppe ergänzt und die schlicht weißen Wände mit großen Drucken ihrer Urlaubsreisen farbig aufgepeppt. Immer wenn Tessa die Wohnung betrat, war sie ganz begeistert, wie wunderbar alles miteinander harmonierte. Anke war Designerin und arbeitete in der Werbeagentur eines großen Bekleidungskonzerns.

Tessa setzte sich auf das Sofa und fragte: „Könnte ich heute Nacht bei dir bleiben?"

„Meinetwegen", antwortete Anke leise. „Mit Bernd ist es aus, der kommt sowieso nicht mehr." Sie schluchzte jetzt. „Dieser Mistkerl. Immer hat er gesagt, dass seine Frau sich scheiden lassen will, dass er nur noch mich liebt, und jetzt: Jetzt kriegt sie ein Kind. Von ihm. Von wegen Scheidung." Anke sank neben Tessa auf das Sofa und vergrub weinend den Kopf in ihren Händen.

Tessa strich ihr sanft über den Rücken.

„Vier Jahre. Alles vergeudet. Ich dumme Pute", rief Anke wütend, sprang auf und wischte sich die Tränen ab. „Hätte ich nur auf meine Mutter gehört. Sie hat mir gleich gesagt, dass die Ehe ein starker Strick ist, den man nicht so leicht zerschneidet."

„Vielleicht renkt sich alles wieder ein", sagte Tessa tröstend.

„Nee, nee da renkt sich nix ein", fauchte Anke. „Ich dränge mich doch nicht in eine Familie. Der Typ ist für mich gestorben." Sie trat an den Kühlschrank und holte eine Flasche Sekt heraus. „So, und jetzt trinken wir auf ein neues Leben ganz ohne Männer."

Der Sekt perlte in den Gläsern und die beiden Freundinnen stießen miteinander an. „Ob das so gut ist für mich", sagte Tessa und blickte zweifelnd auf das Glas in ihrer Hand. „Ich hab Tabletten genommen. Hoffentlich kommen meine Kopfschmerzen jetzt nicht wieder."

Anke hatte ihr Glas schon leer, goss nach und sah Tessa betroffen an. „Jetzt hab ich dir die Ohren vollgeheult und weiß noch nicht einmal, warum du eigentlich gekommen bist."

Tessa berichtete in kurzen Worten, was sich ereignet hatte, und plötzlich erschien es ihr angesichts des Dilemmas ihrer Freundin gar nicht mehr so schlimm. „Vielleicht habe ich auch völlig überreagiert", sagte sie, als sie den Bericht beendet hatte. „Vielleicht hat Tom es ja auch gar nicht so gemeint."

„Lass ihn ruhig ein wenig schmoren", riet Anke. „Es sei denn, du liebst ihn nicht mehr."

„Das weiß ich eben nicht", jammerte Tessa und leerte jetzt ihr Champagnerglas auch in einem Rutsch. „Es ist einfach nicht mehr so wie zu Anfang."

Anke holte tief Luft. „Es ist gleich zwei Uhr. Lass uns schlafen. Ich hol dir noch eine Decke und ein Kissen."

# 2. Kapitel

Verschlafen riss Tessa die Augen auf und blickte auf ein großformatiges Foto mit der Skyline von Manhattan. Schlagartig fiel ihr der gestrige Abend ein und fast gleichzeitig hörte sie die Tür zum Bad zuklappen. Anke war schon wach. Tessa sah auf ihr Handy. Zehn nach sieben. Sechs Anrufe von Tom. Und eine Nachricht: „Bitte, komm zurück. Wir müssen reden."

Tessa seufzte und sah an sich hinunter. Sie hatte in ihren Sachen geschlafen, weil sie ihren Koffer noch im Auto hatte, und wirkte alles andere als frisch.

Anke kam aus dem Bad. Ihr rotes Haar lag dicht und schwer auf ihren Schultern und glänzte wie frisch poliertes Kupferblech. „Ich fahr gleich los, Tessa. Um acht muss ich im Büro sein."

„So früh?"

„Heute kommt ein wichtiger Kunde, da muss ich noch einiges vorbereiten", sagte Anke und hastete in die Küche.

Tessa verschwand im Bad. Sie hielt sich nicht lange darin auf, schnappte sich ihre Tasche und verabschiedete sich von Anke.

„Wo willst du denn jetzt hin? Zu deinen Eltern?"

Tessa schüttelte den Kopf. „Ich fahr nach Hause. Ich bin Tom eine Erklärung schuldig."

„Hast du dir das gut überlegt?" Anke sah von ihrem Frühstück auf.

Tessa nickte. „Ich habe lange wachgelegen und bin zu dem Entschluss gekommen, noch einmal mit Tom zu reden." Sie seufzte. „Ich liebe ihn doch."

Als Tessa den Schlüssel im Schloss drehte, wurde die Tür schon aufgerissen. „Wo warst du denn? Ich hab x-mal versucht dich anzurufen", sagte Tom vorwurfsvoll, aber Tessa hörte auch die Sorge in seinen Worten, was sie sofort milder stimmte.

„Entschuldige. Ich war bei Anke", sagte sie und wollte Tom umarmen.

Er aber schob sie zurück. „Ich hab die ganze Nacht kein Auge zugetan und mir schreckliche Sorgen gemacht, nachdem du nicht bei deinen Eltern warst."

„Du hast bei meinen Eltern angerufen? Oh nein!" Tessa holte tief Luft. „Musste das sein?"

„Das fragst du noch?" Tom schrie jetzt. „Ich hab mir Sorgen gemacht! Kapierst du das nicht?" Er riss Tessa an sich und küsste sie hart und verzweifelt.

Tessa machte sich langsam los. So kannte sie Tom gar nicht. „Ich hab doch gesagt, dass es mir leidtut. Lass uns heute Abend darüber reden", sagte sie sanft. „Bitte, Tom."

„Schon gut." Tom drehte sich auf den Absatz um und ging in die Küche.

Tessa schleppte ihren Koffer ins Schlafzimmer und packte ihn wieder aus. Als sie anschließend unter der Dusche stand, hörte sie, wie Tom die Wohnungstür ins Schloss warf.

\*\*\*

Der Arbeitstag in der Firma begann hektisch und endete erst kurz nach sechs. Tessa war geschafft von der vorherigen Nacht und zudem völlig ausgepowert von all den Kundengesprächen, als sie gleichzeitig mit Tom zu Hause ankam. Schweigend betraten sie ihre Wohnung.

„Puh, war das ein Tag", sagte sie stöhnend.

„Wie immer, voller Kunden und guter Geschäfte", antwortete Tom.

Tessa rang sich ein Lächeln ab. „So kann man es auch sehen."

„So musst du es sehen, wenn du eine Firma leiten willst", sagte Tom. „Je mehr Kunden umso bessere Verdienste."

„Heute hätte ich auf die Hälfte verzichten können", sagte Tessa. Sie gähnte vernehmlich, öffnete den Kühlschrank und stieß entsetzt aus: „Oh nein, du wolltest doch einkaufen!"

Tom überhörte die letzten Worte und sagte: „Wenn du mit weniger zufrieden bist, wirst du nie eine gute Unternehmerin."

„Das ist doch jetzt egal", protestierte Tessa. „Sag mir lieber, was wir zu Abend essen sollen? Der Kühlschrank ist leer und diese Woche bist du mit einkaufen dran."

Tom sah in den Kühlschrank und zuckte gleichmütig die Schultern. „Dann bestell ich eben 'ne Pizza. Wo ist das Problem?" Und schon telefonierte er mit dem Pizzaservice.

„Nie kaufst du richtig ein. Mir hängt die ewige Pizza schon zum Hals raus. Weißt du, wie oft wir die in den letzten Wochen gegessen haben?" Tessa lief wütend ins

Schlafzimmer und warf sich aufs Bett. Tom machte sich die Sache einfach zu leicht. Nie kaufte er genügend ein und bei der Hausarbeit hielt er sich auch spartanisch zurück.

„Bist du schon wieder beleidigt?" Tom stand breitbeinig in der Tür. „Was ist eigentlich mit dir los?"

„Was los ist? Du hast vergessen einzukaufen, nicht ich. Abgemacht war, dass der Einkauf abwechselnd erfolgt. Aber immer, wirklich immer, bleibt alles an mir hängen. Und nicht nur das! Putzen oder Saubermachen ist für dich ein Fremdwort. Ich bin es langsam leid, dich zu betüddeln wie ein Kind."

„Meine Mutter macht den Haushalt immer mit links und hat sich noch nie beschwert", verteidigte sich Tom.

„Deine Mutter? Deine Mutter hat eine Putzfrau und eine Wirtschafterin, vergiss das nicht", sagte Tessa leise aber nicht weniger vorwurfsvoll. „Außerdem arbeitet sie nur stundenweise im Betrieb."

„Du bist ja übergeschnappt." Tom ging hinaus und warf die Tür zu. Im selben Moment klingelte der Pizzabote.

Seufzend ging Tessa in die Küche und setzte sich Tom gegenüber, der die Pizza schon ausgepackt hatte.

„Warum fahren wir nicht einfach demnächst zu meinen Eltern und essen dort zu Abend?", schlug Tom kauend vor. „Meine Mutter hat uns das schon sooft angeboten."

Tessa würgte hastig das Stück Pizza in ihrem Mund herunter. „Das ist nicht dein Ernst, oder?"

„Wieso, was ist denn dabei?" Tom sah sie verständnislos an. „Ich hab doch heute Mittag auch zu Hause gegessen."

„Du hast was?" Tessa sah Tom überrascht an. „Hast du das schon öfter gemacht?"

„Warum nicht?" Tom zuckte lässig die Schultern und fuhr fort: „Gib 's doch zu, deine Kochkünste sind nicht gerade der Hammer."

„Das ist doch wohl die Höhe", fauchte Tessa wütend. „Deshalb kaufst du nie ein? Du willst wirklich, dass ich das Abendessen bei deinen Eltern einnehme."

Am liebsten hätte sie noch mehr gesagt, aber sie steckte sich hastig ein weiteres Stück Pizza in den Mund, um die Stimmung nicht noch mehr aufzuheizen. Schweigend saßen sie nun einander gegenüber und Tessa blickte angespannt auf ihre Pizza.

Wie sollte sie Tom klarmachen, dass es so nicht weiterging? Sie wohnten nun seit einem Jahr zusammen und mit jedem Tag verblasste ihre Liebe ein Stückchen mehr.

Anfangs hatte sich Tessa richtig gefreut, als ihnen Toms Eltern diese Wohnung besorgt hatten, die ganz in der Nähe von Toms Elternhaus lag. Doch mittlerweile hatte sie bemerkt, dass es nicht die klügste Entscheidung gewesen war, denn Tom ließ sich viel zu viel von seinen Eltern vereinnahmen. Seine Mutter verwöhnte ihn wahrscheinlich mit den leckersten Gerichten und sie hatte gar keine Chance dagegen anzukommen. Deshalb hatte sie sich auch gleich angeboten, die Planungen für das Ehepaar Zimmer zu übernehmen. Das war ja ein richtiges Komplott gegen sie.

Tessa war der Appetit vergangen. Sie schob den Rest der Pizza beiseite und sagte: „Tom, ich möchte nicht, dass deine Mutter über unser Leben bestimmt."

„Meine Mutter bestimmt doch nicht über unser Leben, bloß weil sie uns zum Abendessen einlädt", knurrte Tom. „Du spinnst doch!"

„Du verstehst mich einfach nicht", beschwor ihn Tessa. „Hör mir doch mal zu. Ich möchte, dass wir eine Familie werden. Wir beide."

„Deine romantischen Vorstellungen in allen Ehren, aber zum Leben gehört nun mal mehr, Tessa." Tom stand auf. „Ich will die Firma meiner Eltern übernehmen, das ist ein Geschäft, dessen Sinn du anscheinend immer noch nicht erkannt hast. Davon leben wir. Auch dein Gehalt, wird davon bezahlt, vergiss das nicht!"

„Ich weiß sehr wohl, dass wir davon leben", gab Tessa aufgewühlt zurück. „Das heißt aber nicht, dass wir vor lauter Geschäftemacherei uns selbst aufgeben."

„Das Geschäft ist mein Leben, ich gebe mich nicht auf", sagte Tom bestimmt. „Bisher habe ich gedacht, dass du das genauso siehst."

„Ich sehe das doch auch so", widersprach Tessa. „Ich will doch nur nicht, dass wir dabei auf der Strecke bleiben." Sie schluckte und setzte hinzu: „Wir unternehmen in letzter Zeit kaum noch was zusammen. Wir ...!"

Tom unterbrach sie harsch. „Du kommst doch gar nicht mit. Wo warst du denn auf dem Geburtstag meiner Schwester?"

„Das ist doch was ganz anderes", warf Tessa ein.

„Ach so", sagte Tom gedehnt. „Madame will einen romantischen Abend bei Kerzenlicht." Er lachte verächtlich. „Vergiss es. Ich hasse solch ein Getue."

Tessa sah ihn mit offenem Mund an. So war das also. Ihre Augen brannten und sie musste sich zusammenreißen, um nicht loszuheulen. Hastig schob sie die

Pizzakartons ineinander und warf sie in den Mülleimer unter der Spüle.

„Tessa, bitte. Lass uns doch vernünftig sein", sagte Tom jetzt, der wohl gemerkt hatte, dass er mit seiner Aussage zu weit gegangen war.

„Du hast recht, vergiss es", presste Tessa heraus, lief ins Schlafzimmer und warf sich aufs Bett. Sie kämpfte mit den Tränen und hoffte inständig, dass Tom ihr nachkam. Aber Tom dachte wohl, dass sie allein sein wollte, denn kurz darauf hörte sie den Fernseher.

Tessa holte tief Luft und setzte sich im Bett auf. Da war sie extra wiedergekommen, um mit Tom über ihre Beziehung zu reden. Bedeutete sie ihm denn so wenig? War er wirklich überzeugt davon, dass alles in Ordnung war? Sie konnte es kaum glauben. Als Tessa sich beruhigt hatte, ging sie ins Wohnzimmer. Tom sah sich ein Fußballspiel an und hatte sich dazu ein Bier geholt.

Tessa setzte sich neben ihn und er legte sofort besitzergreifend den Arm um ihre Schultern und zog sie an sich.

Tessa wagte noch einmal einen Vorstoß. „Sollen wir nicht am Wochenende einfach mal irgendwohin fahren, so wie früher? Dann machen wir es uns zum ersten Advent so richtig gemütlich."

„Jetzt am Wochenende? Da will ich mit meinen Kumpels nach München zum Bayernspiel, das weißt du doch", sagte Tom und fragte: „Hast du dich nicht auch für dieses Seminar in Bielefeld angemeldet?"

„Das Seminar beginnt erst am Mittwoch."

„Dann fahr doch schon am Freitag los und mach dir ein paar schöne Tage im Sauerland. Dort liegt schon

Schnee", schlug Tom vor. „Du kannst ja Anke fragen, ob sie mitfährt."

Tessa nickte. „Keine schlechte Idee. Ich ruf sie gleich an." Vielleicht würde eine Woche Abwesenheit von Tom ihrer Beziehung neuen Schwung verleihen.

\*\*\*

Schon am Donnerstagabend hatte Tessa gepackt und Tom war so liebevoll und aufmerksam, dass sie schon fast versucht war, einen Rückzieher zu machen.

Aber der Gedanke, dass Tom ja am Samstag nach München wollte, hielt sie davon ab. Anke konnte erst am Samstagmittag anreisen, weil sie beruflich momentan sehr viel zu tun hatte. Die beiden Freundinnen hatten sich auf ein Hotel in der Nähe von Winterberg geeinigt.

Der Freitag verging wie im Flug und gegen sechzehn Uhr verabschiedete sich Tessa von Tom und startete ins Wochenende. Da sie für die Strecke nur etwa eininhalb Stunden benötigte, ließ sich Tessa Zeit. Unterwegs begann es leicht zu schneien, als sie auf die Bundesstraße Richtung Korbach fuhr.

Tessa fuhr sicher und umsichtig, doch je dichter der Schneefall wurde, umso schlechter kam sie vorwärts. Sie hatte Korbach schon hinter sich gelassen, als zu dem dichten Schnee auch heftiger Wind aufkam.

Tessa hatte das Radio eingeschaltet und hörte, dass es schon etliche Unfälle gegeben hatte und Schneeverwehungen die Straßen teils unpassierbar machten. Sie war froh, kaum mehr als eine halbe Stunde von ihrem

Hotel entfernt zu sein, denn die Straße hatte sich in eine gefährliche Rutschbahn verwandelt. Erleichtert verließ sie die Bundesstraße, als ihr Navigationsgerät den Wechsel auf die Landstraße ankündigte. Langsam steuerte sie das Auto über die Landstraße, die von hohen Tannenwäldern eingerahmt war, deren Bäume sich förmlich unter der Schneelast bogen.

Tessa war praktisch allein, denn von anderen Autos war nichts zu sehen, was wahrscheinlich auch daran lag, dass der Schneefall wie ein dichter Schleier den Blick auf wenige Meter beschränkte.

Tessa bekam langsam Panik. Nirgends war ein Schild. War sie überhaupt auf der richtigen Straße? Horrormeldungen von Navis, die den Fahrer in eine Schlucht lockten, tauchten in ihrem Hirn auf, und sie versuchte den Wagen zu stoppen. Die Bremsen reagierten nicht und der Wagen schleuderte herum. Noch bevor Tessa gegenlenken konnte, kippte das Auto seitlich weg und rutschte einen Hang hinunter. Der Hang war wohl nicht sehr steil, sonst hätte sich ihr Auto sicher überschlagen. Trotzdem klammerte sich Tessa entsetzt an das Lenkrad und schloss in Panik die Augen, als mit einem Knirschen der Wagen leicht auf die Fahrerseite kippte und liegenblieb. Gurgelnd erstarb der Motor und das Licht der Scheinwerfer beleuchtete den Schnee, der wie ein Vorhang dicht und undurchdringlich an der Frontscheibe vorbeigeweht wurde.

Vorsichtig bewegte sich Tessa. Verletzt war sie offensichtlich nicht. Sie lag auf der Seite, der Beifahrersitz praktisch über ihr. Hektisch fasste sie an den Türgriff, aber die Tür war zu.

Erst jetzt begriff Tessa, dass das Auto auf die Fahrertür gekippt war. Wie sollte sie denn hier herauskommen? Sie würde wahrscheinlich erfrieren, wenn sie hier drinnen blieb, jetzt wo der Motor aus war. Sie versuchte den Wagen wieder zu starten, aber es gelang ihr nicht. Resigniert drehte sie erneut den Schlüssel um. Nichts. Sie versuchte es wieder, da erlosch auch das Scheinwerferlicht und alles war dunkel.

Mit zitternden Fingern kramte sie ihr Handy hervor und versuchte zu telefonieren. Kein Netz. Wie Hohn erschien ihr diese Mitteilung.

Plötzlich sackte der Wagen ein Stück nach unten und Tessa klammerte sich ängstlich mit beiden Händen an das Lenkrad.

# 3. Kapitel

Ein Geräusch schreckte sie auf. Jemand klopfte an die Scheibe der Beifahrertür und mit einem lauten Poltern wurde die Tür plötzlich aufgerissen. Schnee rieselte auf Tessa herab und ein Schwall kalter Luft traf sie so unvermutet wie ein Guss kalten Wassers. Erschrocken blickte sie in das grelle Licht einer Taschenlampe, noch immer die Hände fest um das Lenkrad geklammert.

„Sind Sie verletzt?" Die Stimme des Mannes kam so leise an ihr Ohr, wie das Murmeln eines Flusses. „Was, wie ...?", stammelte sie und drückte sich ängstlich an die Fahrertür.

„Sie müssen hier raus, sonst erfrieren Sie", sagte der Mann und reichte ihr die Hand. Er hatte die Taschenlampe auf den Beifahrersitz gelegt, wo sie jetzt auf Tessa zurollte. Tessa schüttelte sich, noch immer rauschte es in ihren Ohren, aber diesmal hatte sie den Mann verstanden. „Die Tür geht nicht auf", stotterte sie.

„Ich ziehe Sie raus", sagte er und fügte etwas ungeduldig hinzu. „Geben Sie mir endlich ihre Hand. Oder haben Sie sich verletzt?"

Tessa gab keine Antwort und reichte ihm zögernd ihre Hand. Er hielt sie mit festem Griff und zog sie zu sich heran. „Sie müssen über den Beifahrersitz klettern, eine andere Möglichkeit gibt es nicht", sagte er.

Tessa versuchte sich hochzuhieven, rutschte aber wieder zurück zur Tür und der Wagen wackelte bedrohlich und sackte plötzlich noch ein Stück den Hang hinunter. „Hilfe!", schrie sie voller Panik und drückte sich wieder zurück an die Tür.

„Verdammt. Geben Sie mir Ihre Hände", schrie der Mann jetzt. „Sonst rutscht der Wagen ganz ab."

Tessa war so erschrocken, so durcheinander, dass sie ihm nun widerstandslos beide Hände reichte. Er zog sie ganz langsam zum Beifahrersitz hinüber.

„Festhalten", brüllte er dann urplötzlich, denn der Wagen rutschte schon wieder ein Stück herunter. Die Tür fiel dem Mann in den Rücken und er wurde für Sekunden eingeklemmt, während Tessa sich verzweifelt an den Beifahrersitz klammerte.

Der Fremde drückte die Tür mit seinem Rücken wieder auf, fasste erneut nach Tessas Händen und zog sie mit einem Ruck über den Sitz hinaus und sie purzelten beide in den Schnee. Tessa landete direkt auf seiner Brust. Er breitete prustend die Arme aus und fragte: „Haben Sie sich wehgetan?"

Tessa gab keine Antwort und rollte erschöpft von ihm runter in die weiche, weiße Masse. Noch immer schneite es heftig und die Flocken fielen wie ein dichter Vorhang auf ihr Gesicht. Am liebsten wäre sie für immer so liegengeblieben und in wenigen Minuten völlig eingeschneit, doch der Mann hatte sich schon aufgerichtet und wieder seine Taschenlampe in der Hand.

Der Schnee hatte für Sekunden nachgelassen und Tessa sah, dass sie auf einer Wiese waren, die nur ein leichtes Gefälle hatte. Wahrscheinlich war es eine Kuhweide, denn Bäume konnte sie im Schein der hellen Lampe nirgends entdecken. Auch die Straße konnte sie nicht sehen, aber sie war sicher, dass sie nur wenige Meter von der über ihnen liegenden Straße entfernt waren. Noch während Tessa die Gegend betrachtete, trieb der Fremde zur Eile.

Erbarmungslos zog er sie auf die Füße. „Wir müssen weg hier. Kommen Sie!" Er fasste sie an die Hand und zog sie mit sich.

Tessa taumelte in den tiefen Schnee, der fast bis an ihre Knie reichte. Doch er zog sie unerbittlich den Hang hinunter. Das Taschenlampenlicht flackerte unruhig vor ihm her und konnte kaum den immerwährenden Schleier des stetigen Schneefalls durchbrechen. Es kümmerte ihn wohl nicht, denn er strebte eilig vorwärts. Tessa wurde immer langsamer. Sie konnte nicht mehr und ließ sich einfach in den Schnee sinken.

Erschrocken drehte er sich nach ihr um. „Hey, wir müssen weiter." Er zog sie wieder auf die Füße und hob sie hoch.

„Sie haben ja nicht einmal Stiefel an!", rügte er mit Blick auf ihre ledernen Halbschuhe, die sie immer beim Autofahren trug, und ließ sie wieder in den Schnee sinken. Eine Sekunde zögerte er, dann hob er sie auf seine Arme und stapfte weiter. Sie hatten die Talsohle erreicht, und gleich darauf ging es wieder hoch.

Tessa war so erschöpft, dass sie ihren Kopf einfach an die Brust ihres Retters legte und sich ihm völlig überließ. Er duftete angenehm nach irgendeinem Herrenparfüm und sie schloss erschöpft die Augen.

Der Hang war steil und als er endlich oben angelangt war, setzte er sie keuchend ab. „Wir sind gleich da. Sehen Sie das Licht da vorn?"

Tessa antwortete nicht. Sie war noch immer ganz durcheinander und bibberte jetzt vor Kälte.

Er hatte auch wohl keine Antwort erwartet und hob sie erneut hoch. Mit ihr auf den Armen hatte er in wenigen Minuten das einsame Gehöft erreicht, dessen Licht er ihr gezeigt hatte.

„Sie sind klitschnass, kommen Sie, im Wohnzimmer ist es warm", sagte er und stellte sie direkt unter der Laterne vor dem Haus auf die Füße.

Er schloss eine Tür auf und zog sie an der Hand in einen länglichen Vorraum ohne jegliches Inventar, der bei ihrem Eintreten automatisch hell erleuchtet wurde. Irritiert blinzelte Tessa in das angenehm gedämpfte Deckenlicht, das von mehreren kleinen, gleichmäßig verteilten Strahlern ausging. Er schob sie gleich weiter durch eine Tür, die in ein gemütliches Wohnzimmer führte.

Verblüfft bliebt Tessa stehen und betrachtete den wundervollen, aus dunkelroten Keramikfliesen gemauerten, großen Kamin. Die Wärme des Raums schlug ihr so heftig entgegen, dass sie nun erst recht ihre Kälte spürte.

„Setzen Sie sich hier vor den Kamin und ziehen Sie Schuhe und Strümpfe aus. Sie sind ja völlig durchweicht", sagte er und nahm ihr die Steppjacke ab, die ebenfalls ziemlich nass war.

Erst jetzt sah sie den Mann richtig an. Er war groß, über einen Kopf größer als sie, und trug einen gepflegten Vollbart, der ihm ausgesprochen gut stand. Er riss lächelnd seine Mütze vom Kopf und strich sich durch die dunklen, etwas zu langen, feuchten Haare. Er hatte die schwarze Cordhose in seine kniehohen Stiefel gesteckt und jetzt, wo er die dicke, grüne Steppjacke auszog, kam darunter ein rotweißkariertes Holzfällerhemd zum Vorschein.

Als sie auf seine Worte nicht reagierte, drückte er sie in einen Sessel vor dem Kamin und rückte ihr einen Hocker zurecht. „Mögen Sie Tee?"

Tessa nickte und rieb sich die Hände, die noch immer eiskalt waren. Der Mann verschwand und Tessa zog nun ihre Schuhe aus, die wirklich völlig aufgeweicht waren. Dann stand sie auf, hockte sich vor das offene Feuer und hielt die Hände nah daran, um etwas Wärme zu bekommen. Dabei spürte sie, dass der Steinboden unter ihren Füßen ebenfalls angenehm warm war.

Das Hotel fiel ihr ein. Sie musste unbedingt anrufen und mitteilen, dass sie später eintreffen würde. Sie kramte ihr Handy aus der Tasche ihres Steppmantels, das zum Glück in der geschlossenen Reißverschlusstasche steckte und unversehrt war. Kein Netz. Ob das am Wetter lag? Tessa steckte das Telefon wieder weg und sah sich um.

Das Zimmer war groß, die Sesselgruppe, die aus einem Sofa und zwei Sesseln bestand, war mit weichem, dunkelbraunem Leder bezogen und passte gut zu den hellbraungemusterten Natursteinen des Bodens. Zur anderen Seite erblickte sie ein riesiges Rundbogenfenster, das bis zur Decke reichte und aus einem Gerüst aus dunklem Holz bestand, das durch viele kleine Butzenscheiben unterteilt war. Tessa war regelrecht fasziniert von der Gestaltung des Zimmers. Schon immer war ein Bauernhaus ihr Traum gewesen. Während ihres Studiums war sie oft übers Land gefahren und hatte sich alte Fachwerkhäuser angesehen und sich überlegt, wie man sie mit modernen Mitteln nach neuestem Stand renovieren konnte. Tessa war aufgestanden und ging langsam über den warmen Steinboden zum Fenster und blickte hinaus.

Der Schnee fiel noch immer dicht und ein böiger Wind peitschte den Flockenschleier am Fenster vorbei. Unwillkürlich schlang sie die Arme um ihren Oberkörper, weil ihr fröstelte und sie ging schnell zu ihrem Platz am Kamin zurück. Die Einrichtung war nicht billig, schließlich kannte sie sich damit aus. Auch die beiden Drucke, die die weißgestrichenen Wände zierten, passten genau zur Einrichtung. Der Bauer schien nicht arm zu sein und Geschmack hatte er auch. Ob er allein hier wohnte? Sie warf einen Blick auf die beiden hölzernen Türen, hinter denen sie einen Einbauschrank vermutete. Sie waren aus dunklem Eichenholz und mit einem geschnitzten Blumenmuster verziert, wie sie in vielen Bauernhäusern früher Mode gewesen waren.

Die Tür öffnete sich und der Mann kam zurück, in der Hand ein Tablett mit zwei großen Teetassen.

„Zucker oder Milch?" Er sah sie fragend an und Tessa stellte erneut fest, dass er wirklich ausgesprochen gut aussah.

„Ist das Schwarztee?"

„Natürlich, was dachten Sie?", antwortete er. „Anderen habe ich nicht." Er setzte das Tablett auf den schmalen Tisch neben dem Sessel ab, und fuhr fort: „Ich trinke ihn gern mit Rum und viel Kandis."

Erst jetzt bemerkte sie das Schälchen mit Kandiswürfeln. „Ich nehm den Zucker", sagte sie und fragte: „Wohnen Sie ganz allein hier?"

Er nickte und grinste plötzlich verwegen. „Hab mich noch gar nicht vorgestellt." Er machte eine kurze

Verbeugung in ihre Richtung. „Benjamin Vorderbaum. Sie können Ben zu mir sagen."

Tessa nahm die Tasse, warf einige Kandisstücke hinein und sagte: „Theresa Mattis, meine Freunde nennen mich Tessa."

Ben setzte sich in den Sessel ihr gegenüber und drehte seine Tasse bedächtig in seinen Händen. Er hatte große, kräftige Hände und Tessa schätzte, dass es von der Arbeit auf dem Bauernhof herrührte. Zumindest schloss sie aus seiner muskulösen Statur, dass er regelmäßig schwere Arbeit verrichtete.

„Ist hier in der Nähe ein Dorf?", fragte sie, weil ihr plötzlich Bedenken kamen, so allein mit einem völlig Fremden zu sein. „Ich muss heute noch weiter."

„Das schminken Sie sich mal gleich ab", sagte er und schüttelte missbilligend den Kopf, als sei ihr Gedanke völlig absurd. „Bei dem Schnee kommen sie hier vorläufig nicht weg!"

„Ich muss aber weg", warf Tessa aufgewühlt ein. „Ich werde erwartet." Sie klammerte sich an ihre Tasse, weil der Gedanke, ihm ausgeliefert zu sein, ihr plötzlich Angst einflößte.

Wenn er über sie herfallen würde, hätte sie kaum eine Chance zur Gegenwehr, denn er war ihr körperlich haushoch überlegen. Und wenn er den Tee präpariert hatte? Ihre Hände an der Tasse zitterten plötzlich und die Wärme, die noch Sekunden zuvor durch ihren Körper geströmt war, verschwand augenblicklich. Schreckliche Szenarien von vergewaltigten Frauen, die mit K.-O.-Tropfen betäubt worden waren, geisterten plötzlich durch ihr Hirn. Sie musste hier weg! Sein zufriedenes Gesicht sprach Bände. Hastig setzte sie die Tasse zur Seite und hangelte nach ihren Schuhen.

„Was soll das jetzt? Schmeckt der Tee Ihnen nicht?" Er sah sie fragend an.

„Ich will nur aus dem Fenster sehen", stotterte sie.

„Das können Sie barfuß auch, der Boden ist beheizt", konterte er trocken und sah grinsend zu, wie sie sich abmühte, die feuchten Schuhe überzuziehen.

Tessa kümmerte sich nicht darum, griff nach ihrem Steppmantel und stürzte hinaus in den Vorraum und dann nach draußen.

Der heftige Wind packte sie mit eisigen Krallen und sie drückte sich an die Hauswand, um ihren Mantel zu schließen. Dann stolperte sie weiter am Haus entlang zur anderen Seite. Irgendwo musste es doch eine Straße geben oder ein anderes Haus! Kaum hatte sie die schützende Hauswand verlassen peitschte der Wind ihr den dichten Schnee ins Gesicht. Die Flocken landeten wie kleine, spitze Eiskugeln auf ihrer Haut und sie wäre am liebsten wieder zurückgegangen. Doch nachdem sie das Haus ein paar Schritte hinter sich gelassen hatte, konnte sie schon nichts mehr sehen.

Tessa blieb stehen und fummelte ihr Handy aus der Tasche. Wieder kein Netz. Verzweifelt drückte sie auf die Taschenlampenfunktion und leuchtete in die undurchdringliche Schneemasse hinein, die in der Dunkelheit regelrecht bedrohlich wirkte, und plötzlich sehnte sie sich zurück in die kuschelige Wärme des Bauernhauses. Sie drehte sich um. Nichts zu sehen.

Schlagartig wurde ihr bewusst, dass sie erfrieren würde, wenn sie nicht schnellstens wieder ins Warme kam. Sie hatte ihre Gedanken noch nicht zu Ende gedacht, als sie plötzlich von harter Hand an der Schulter gepackt und herumgerissen wurde.

„Sind Sie völlig verrückt geworden", brüllte Ben ihr ins Ohr und hielt sie fest. „Hier tobt ein Schneesturm. Will das nicht in Ihren Schädel!" Er hob sie erneut auf seine Arme und transportierte sie wieder zum Haus zurück.

Tessa wehrte sich nicht, denn sie war nur erschöpft und unendlich froh, dass er da war. Vor der Tür zum Vorraum stellte er sie hart auf die Füße, schob sie wortlos hinein und zog ihr den Steppmantel aus. Tessa ging ins Wohnzimmer, streifte die nassen Schuhe ab und setzte sich wieder in den Sessel.

Ben kam gleich darauf hinter ihr her und warf ihr ein Handtuch zu. „Für Ihre Haare", sagte er, und sie hörte die unterdrückte Wut in seiner Stimme. Dann drehte er sich um und ließ sie allein.

Erst jetzt merkte Tessa, dass ihre Haare vom Schnee klitschnass waren und nahm dankbar das Handtuch und rubbelte sie trocken.

Sekunden später öffnete er erneut die Tür, seine Augen funkelten zornig und er zeigte auf ein Bord an der Wand. „Da steht ein Telefon. Sie können überall anrufen." Gleich darauf fiel die Tür wieder hinter ihm ins Schloss.

Tessa kam sich plötzlich dumm vor. Er hatte sie gerettet, nun schon zum zweiten Mal. Kein Wunder, dass er wütend war. Aber das Telefon auf dem Bord war ihr vorher wirklich nicht aufgefallen.

Sie stand auf und rief im Hotel an, dass sie später kommen würde.

Die freundliche Stimme am Telefon riet ihr, die Reise bis zum nächsten Mittag zu verschieben. „Die Straße zum Hotel ist momentan nicht passierbar. Für die Nacht hat der Wetterbericht einen heftigen Schneesturm gemeldet."

Tessa holte tief Luft. Dann hatte dieser Ben also recht, sie kam hier vorläufig nicht weg, und musste wohl oder übel auf dem Bauernhof übernachten. Seufzend sah Tessa noch einmal aus dem Fenster in die Dunkelheit. Noch immer peitschte der Sturm den Schnee wie einen Schleier am Fenster vorbei. Hinter Tessa öffnete sich die Tür.

Der Bauer kam erneut mit einem Tablett und Tee herein. „Sind Sie schon wieder auf der Flucht", sagte er spöttisch. „Mir wäre es auch lieber, wenn ich Sie nie gesehen hätte!"

„Als ich losfuhr, waren noch alle Straßen frei", sagte Tessa und versuchte ihrer Stimme einen festen Klang zu geben. „Dass hier so viel Schnee liegt, konnte ich ja nicht ahnen."

„Und warum sind Sie noch mal rausgerannt? Wollten Sie erfrieren?"

Tessa gab keine Antwort. Nie im Leben würde sie eingestehen, dass sie vor ihm Angst hatte. Sollte er doch denken, was er wollte.

Er kniff die Augen zusammen und sah sie plötzlich voller Wut und Empörung an. „Ach, so ist das!" Er hieb mit der Faust auf den kleinen Tisch, dass der Tee in der Tasse überschwappte. Sekundenlang starrte er sie wütend mit zusammengekniffenen Augen an, dann stand er auf und sagte mit leiser Stimme, aber umso wütender: „Sie halten mich für ein Monster, dass arme, wehrlose Frauen wie Sie überfällt. Herzlichen Dank." Er schenkte ihr einen verächtlichen Blick und verließ den Raum.

„Aber ..." Tessa sah ihm erschrocken nach. Sie schluckte. Das hatte sie nicht gewollt. Sie wischte mit den Handrücken die kleine Pfütze vom Tisch herunter, die er durch seinen Faustschlag verursacht hatte, und setzte sich mit der Teetasse wieder in den Sessel.

Ihr Haar war mittlerweile wieder trocken und sie wickelte sich in die Decke, die er ihr hingelegt hatte. Hin und wieder stand sie auf und legte Feuerholz nach, das in einem geflochtenen Korb neben dem Kamin stand. Immer wieder sah sie zur Tür. Der Bauer war verschwunden. Ob sie ihn suchen und sich entschuldigen sollte? Sie verwarf den Gedanken und ging ans Telefon. Es war inzwischen fast zehn Uhr. Tom hatte sicher schon im Hotel angerufen oder versucht sie auf dem Handy zu erreichen.

Kaum hatte sie die Nummer gewählt, erscholl schon seine Stimme. „Tessa, wo bist du? Wieso gehst du nicht an dein Handy?"

„Ich bin auf einem Bauernhof. Es gibt hier kein Netz", sagte sie und erklärte ihm, dass sie die Nacht über hier verbringen müsste, weil ihr Auto von der Straße abgekommen war.

„Bist du verletzt?"

„Nein, alles in Ordnung. Ich komme hier nur im Moment nicht weg." Sie hatte Tom gerade erklärt, dass alle Straßen gesperrt waren, als sich dir Tür öffnete und Ben hereinsah. „Tom, ich muss Schluss machen." Demonstrativ hauchte sie einen Kuss in den Hörer, damit Ben gleich sah, dass sie in festen Händen war.

Der Bauer runzelte die Stirn, wartete bis sie aufgelegt hatte und ging an den großen Schrank, den sie schon bewundert hatte. Er öffnete die Flügeltüren und erklärte knapp: „Hier können Sie schlafen."

Überrascht sah Tessa in ein geräumiges Schlafzimmer mit gerafften Tüllgardinen am Fenster und einem dicken, roten Teppich auf dem hellen Holzboden.

„Das ist ja hübsch", sagte sie und blickte sich im Raum um. Ein Alkoven war hinter der Tür in die Wand eingelassen und bot für zwei Personen einen schnuckeligen Schlafplatz.

„Wäsche ist oben im Schrank", sagte Ben und fuhr fort: „Kommen Sie, ich zeige Ihnen das Bad." Er sah auf ihre bloßen Füße hinunter und fuhr fort: „Ziehen Sie die Schuhe wieder an, im Vorraum ist es kalt."

Tessa runzelte die Stirn, fragte aber nicht und schlüpfte erneut in ihre Schuhe, die zum Glück schon fast wieder trocken waren.

Mit großen Schritten ging er voraus.

Sie gelangten wieder in den Vorraum, der nach draußen führte, und jetzt sah Tessa, dass der Boden aus schlichtem Beton bestand und auch die Wände noch nicht verputzt waren.

Ben ging fast bis ans Ende des Raums, öffnete die Tür zu einem schmalen Flur und gleich gegenüber eine weitere, die in ein nagelneues Bad führte. Zu Tessas Überraschung war es hochmodern eingerichtet und verfügte über eine begehbare Dusche und einen Whirlpool.

„Wow", sagte sie bewundernd.

„Es ist noch nicht alles fertig. In den nächsten Wochen wird der Vorraum verputzt und der Boden gefliest", erklärte Ben beim Zurückgehen. „Das Haus war zu schmal, um große Räume zu bekommen, da habe ich mich für einen großzügigen Vorbau entschieden, der die einzelnen Räume miteinander verbindet."

„Werden die Wände weiß gestrichen?"

„Ach, kennen Sie sich damit aus?"

„Ich bin Innenarchitektin. Ich könnte Ihnen die Zeichnung dafür machen."

„Nicht nötig. Die Pläne sind schon fertig", erwiderte er knapp. Er nahm die leeren Teetassen mit und wollte hinausgehen.

„Ich kann doch helfen", bot Tessa an.

„Helfen? Wobei?"

„Spülen."

Er runzelte die Stirn und grinste plötzlich frech, drückte ihr die Tassen in die Hand und sagte: „Im Flur die erste Tür rechts."

Überrascht nahm Tessa die Tassen und ging davon. Sie fand die Küche sofort und staunte nicht schlecht. Sie war neu und total schick eingerichtet. Natürlich verfügte sie auch über eine Spülmaschine.

Tessa räumte die Tassen hinein und bewunderte die teure Einrichtung. Die Küchenzeile war in L-Form über Eck gebaut und die Fronten in schlichtem Weiß gehalten. Die alufarbenen Elektrogeräte waren mit eingebaut worden und von bester Qualität. Unter dem Fenster seitlich von der Tür befand sich eine Sitzecke mit rotgemusterten Polstern, die durch einen halbhohen Schrank von der Küche abgegrenzt wurde. Die Küche bestätigte ihr, was sie schon im Wohnzimmer gedacht hatte: Arm war der Bauer mit Sicherheit nicht.

Als sie zurückkam, war das Wohnzimmer leer und Ben verschwunden. Tessa lief ins Bad und ging anschließend ins Schlafzimmer. Als sie die Tür hinter sich schloss, fiel ihr der Schlüssel auf, der von innen steckte.

Ben musste ihn hineingesteckt haben, denn vorher war er noch nicht da gewesen. Sie schämte sich plötzlich, dass sie so schlecht von ihm gedacht hatte.

Wie er gesagt hatte, war die Bettwäsche im Schrank über dem Alkoven. Zu ihrer Überraschung lag auch ein Schlafanzug dabei. Sie zog ihn an, obwohl er etwas zu groß war, und legte sich in das Bett, das sie wie eine kuschelige Höhle umschloss. Direkt am Bett war eine kleine Leselampe angebracht, die ein sanftes Licht spendete, nicht sehr hell aber wunderbar romantisch.

Wo Ben wohl schlief?

Ob sie ihm sein Bett weggenommen hatte?

Und was war mit ihrem Auto?

Tessa wollte es gar nicht wissen, denn sie war einfach nur noch müde.

# 4. Kapitel

Ein lautes Knattern weckte Tessa aus tiefem Schlaf. Erschrocken fuhr sie hoch. Irgendwo tuckerte ein Traktor. Der vergangene Abend fiel ihr wieder ein. Trotz allem was passiert war, hatte sie wunderbar geschlafen. Seufzend legte sie sich noch einmal zurück und sah sich den Alkoven genau an. Er war ganz aus hellem Buchenholz und genau passend groß für zwei Personen. Als Kind hatte sie immer von so einem Bett geträumt, weil sie einmal bei einem Museumsbesuch ein ähnliches gesehen hatte.

Tessa reckte sich, setzte sich auf und ließ die Beine aus dem Bett baumeln. Tageslicht fiel durch das Fenster und erhellte den Raum, also war es sicher schon acht Uhr vorbei. Langsam stand sie auf und ging ans Fenster.

Es hatte aufgehört zu schneien und die Sonne strahlte von einem blauen Himmel, an dem weiße Wolken wie Wattebäuschchen entlangsegelten. Weit hinten auf dem Hügel gegenüber fuhr ein Traktor entlang. Wahrscheinlich war dort oben die Straße.

Tessa nahm ihre Sachen, die sie neben dem Alkoven auf einem Stuhl abgelegt hatte, und ging zur Tür. Als sie öffnete, sah sie dort ein Paar Gummigaloschen stehen und schlüpfte hinein. Bestimmt hatte Ben sie dahin gestellt, damit sie ins Bad gehen konnte, ohne kalte Füße zu bekommen.

Als Tessa das Bad verließ, hatte sie sich geduscht, ihr Haar getrocknet und leichtes Make-up aufgelegt. Merkwürdigerweise verfügte das Bad sogar über einen Föhn und einen kompletten Kosmetiksatz vom Lidschatten bis zum Lipgloss. Also hatte der Bauer eine Freundin oder Bekannte, die häufig hier übernachtete.

Tessa ging zurück ins Wohnzimmer, wo sie ihren Steppmantel trocken und ordentlich auf einem Bügel neben dem Kamin wiederfand, auch ihre Schuhe und Socken waren über Nacht getrocknet. Tessa zog sie an und machte sich auf die Suche nach Ben.

Zu der Tür nach draußen gab es die Küchen- und eine weitere Tür. Tessa klopfte. Keine Antwort. Dann drückte sie vorsichtig die Klinke. Es präsentierte sich ihr ein kahler, weißgestrichener Raum mit einem Feldbett, in dem Ben mit Sicherheit geschlafen hatte, obwohl es bereits ordentlich gemacht war. Das Zimmer hatte, wie das Schlafzimmer mit dem Alkoven, einen hellen Holzboden mit einem Teppich, diesmal in einem gemusterten Braunton. Vor dem Fenster stand ein Tisch mit Schreibtischsessel, auf dem ein Laptop stand. Verblüfft blieb Tessa stehen.

Das Haus hatte Internetanschluss. Warum zum Donnerwetter hatte er ihr das nicht gesagt? Wenn sie doch nur den Zugangscode hätte, dann könnte sie auch ihre Nachrichten checken! Sie würde ihn sofort fragen, wenn er gleich zurückkam.

Tessa ging zurück in die Küche und sah aus dem Fenster. Auf dem Hügel gegenüber, dort wo sie schon beim Aufstehen die Straße vermutet hatte, stand nun der Traktor, den sie schon zuvor gesehen hatte. Ob das der Bauer war? Irgendwo da oben musste auch ihr Auto liegen, aber sie sah nur eine weiße Fläche und die Sonne blendete derart, dass ihr fast die Tränen in die Augen stiegen. Sie ging noch einmal durch alle Räume und rief laut nach Ben. Keine Antwort.

Sie musste sich unbedingt für ihre Rettung bedanken. Tessa sah sich in der Küche um und kurz darauf hatte sie alles für ein gutes Frühstück zusammen und machte sich an die Arbeit.

Es war schon fast eine Stunde vergangen, als plötzlich der Traktor wieder zu hören war. Tessa lief ins Wohnzimmer und blickte durch das Rundbogenfester. Draußen tuckerte gerade der Traktor heran, im Schlepptau ihr Auto. Tessa schnappte sich ihren Mantel und lief hinaus.

„Guten Morgen", rief sie und strahlte Ben an, der gerade vom Traktor stieg.

„Oh, Sie können sogar lachen", brüllte er gegen den Lärm der Maschine an. „Steht Ihnen besser, als das Gejammer gestern Abend."

Ben ging um den Traktor herum, löste das Abschleppseil und stieg wieder auf. Er fuhr den Traktor zu einer Scheune, die sie am Tag zuvor gar nicht gesehen hatte. Das große Tor stand auf, der Traktor verschwand darin und der laute Krach erlosch unter einer dichten Qualmwolke, die aus der Scheune drang. Gleich darauf kam Ben mit einem blauen Jutebeutel in der Hand zu ihr hinüber. „Sie haben verdammt Glück gehabt, nur die Fahrertür und der vordere Kotflügel haben eine kleine Delle", sagte er. „Ein paar hundert Euro und die Sache ist erledigt."

„Danke", sagte Tessa und diesmal wäre sie ihm am liebsten um den Hals gefallen und in ihrer Verwirrung wiederholte sie sich. „Ich weiß wirklich nicht, wie ich Ihnen danken soll!"

Er winkte mit der Hand ab, drückte ihr den Schlüssel in die Hand und sagte bestimmt: „Steigen Sie ein und lassen Sie den Motor an."

Tessa starrte auf den Schlüssel und fragte überrascht: „Woher haben Sie meinen Schlüssel?"

„Sie waren doch völlig hinüber gestern Abend, da hab ich ihn abgezogen und eingesteckt."

Tessa schluckte und in ihrem Körper breitete sich plötzlich trotz der Minustemperaturen eine angenehme Wärme aus. Sie wollte etwas sagen, aber er brummte unwirsch: „Nun machen Sie schon, ich will endlich frühstücken."

Tessa tat es und der Wagen sprang zum Glück sofort an. Ben öffnete die Tür und kommandierte: „Fahren Sie ihn in die Scheune und halten Sie direkt hinter dem Traktor."

Tessa sah ihn einen Moment lang irritiert an, legte dann aber den Gang ein und zuckelte vorsichtig zur Scheune hinüber. Als sie ausstieg, besah sie sich den Schaden. Es war wirklich nur eine winzige Delle in der Fahrertür und auch der Kotflügel hatte kaum Schaden genommen, stellte Tessa erleichtert fest.

Ben stand schon am Tor und wartete auf sie. Erst jetzt bemerkte Tessa, dass neben dem Traktor ein fast neuer Mercedes parkte. Eine weiteres Zeichen, das Ben wohlhabend war. Ob in der Landwirtschaft so viel zu verdienen war?

„Nun beeilen Sie sich mal, ich will das Tor schließen!", rief Ben ärgerlich und brachte Tessa augenblicklich in die Wirklichkeit zurück. Sie ging schnell an den Kofferraum und holte den Koffer und die dicken Winterstiefel heraus.

„Ach, Sie haben ja doch Wintersachen dabei! Endlich mal was Vernünftiges!" Ben grinste unverschämt, schob das Tor zu und stapfte mit großen Schritten davon.

***

Kurz darauf saßen sie gemeinsam am Frühstückstisch. Mit keinem Wort hatte Ben sich dazu geäußert, dass sie Frühstück gemacht hatte, aber er schaufelte sich mit Begeisterung das Rührei auf den Teller und legte sich großzügig Schinken auf seine Brötchenhälften.

Plötzlich sah er Tessa mit zusammengekniffenen Augen an. „Ist das alles, was Sie essen wollen?"

Tessa zuckte die Schultern und sah auf ihr Brötchen, das sie nur dünn mit Marmelade bestrichen hatte. „Ich esse nie viel zum Frühstück."

„Das sollten Sie aber", tadelte er. „So dünn wie Sie sind."

Tessa wurde rot und versteckte ihr Gesicht hinter der Kaffeetasse, doch er war wohl schon mit den Gedanken woanders. Er kratzte den Rest des Rühreis von seinem Teller, schlang es hinunter und stand hastig auf.

Tessa fiel das Internet ein und sie sagte: „Können Sie mir den Code fürs WLan geben?"

Er war schon an der Tür. „Nein, die Leitung funktioniert nicht. Ich hab es heute Morgen schon versucht." Die Tür fiel hinter ihm zu und Tessa blieb gefrustet zurück.

Sie räumte die Küche auf und ging in das Schlafzimmer, um sich andere Sachen anzuziehen.

***

Lautes Klopfen schreckte sie auf und sie lief zur Tür. Ben stand draußen auf der Leiter und erneuerte ein Brett der Verkleidung, das wohl beim Sturm heruntergefallen war.

„Ich kann doch helfen", bot sie an.

„Zwei linke Hände kann ich nicht gebrauchen", brummte er und Tessa erfasste eine ungeheure Wut.

„Fallen Sie ruhig von der Leiter, mich stört das nicht", fauchte sie und schlug die Tür zu. Voller Wut ging sie ins Schlafzimmer, zog ihren Skianzug und die warmen Stiefel an und ging wieder hinaus, um eine Wanderung zu machen.

„Gut, dass Sie kommen", sagte er, als sie wieder draußen war. „Geben Sie mir mal die Zange an. Sie liegt oben im Werkzeugkasten."

„Holen Sie sich doch selbst Ihren Kram", antwortete Tessa schnippisch. „Ich weiß gar nicht, wie eine Zange aussieht."

„Stellen Sie sich nicht so blöd an, ich kann hier jetzt nicht runter", brüllte er. Widerwillig gab ihm Tessa die Zange und ihre Finger berührten sich. Hastig zog Tessa sie zurück und ignorierte das merkwürdige Kribbeln, das wie ein Stromschlag ihren ganzen Körper durchzogen hatte.

Ben schien nichts bemerkt zu haben, sondern entfernte einen Nagel, der krumm geworden war und schlug einen neuen ein. Einige der Latten, die das Dach des Vorraums außen abschlossen, fehlten noch. Als gelernte Tischlerin sah Tessa sofort, wie es weiterging, und reichte ihm wortlos die nächste Latte an, denn er hatte sie schon passend zugeschnitten bereitgelegt. Ben machte sie fest und nach einer halben Stunde war alles fertig.

Ben stieg von der Leiter, räumte sein Werkzeug in den Kasten und erklärte: „Letztes Wochenende bin ich mit der Verkleidung nicht ganz fertig geworden. Bei dem Sturm sind dann mehrere Bretter abgefallen."

„Haben Sie die ganze Verkleidung selbst gemacht?"

Er nickte wortlos, schulterte die Leiter und ging zur Scheune hinüber.

„Kommt das Werkzeug auch in die Scheune?", fragte Tessa.

„Klar, wohin denn sonst", antwortete er spöttisch.

Tessa nahm den Werkzeugkasten und folgte ihm.

Als alles in der Scheune verstaut war und sie wieder zum Haus gingen, sagte Ben: „Im Radio haben Sie vorhin durchgegeben, dass die Strecke nach Winterberg erst am späten Nachmittag wieder freigegeben wird. Sie können es sich gern gemütlich machen, ich gehe raus."

„Darf ich mit?", fragte Tessa, der alles andere lieber war, als die Stunden bis zum Abend allein in dem Bauernhaus zu verbringen.

Er runzelte die Stirn und sah sie missmutig an. „Wenn Sie das Wild nicht vertreiben, meinetwegen."

„Wollen Sie auf die Pirsch?", fragte Tessa entsetzt, die eine absolute Jagdgegnerin war.

Er zog die Brauen hoch und sah sie mürrisch an. „Ich habe Sie nicht eingeladen. Sie können gerne hierbleiben."

Tessa fragte nicht mehr, sondern nahm sich vor, alle Tiere zu vertreiben, die ihm vor die Flinte kamen.

*\*\**

Eine Viertelstunde später stapften sie durch den Schnee. Tessa hatte ihre warmen Stiefel und den Skianzug an und ihr Haar unter einer dicken Mütze versteckt. Langsam folgte sie Ben durch den hohen Schnee, geschickt seine Spuren ausnutzend. Zu ihrer Überraschung hatte er kein Gewehr sondern eine Kamera dabei.

Gezielt steuerte er um die Scheune herum zum Wald hinauf. Den ganzen Weg sprach er kein Wort. Sie hatten den Waldrand noch nicht erreicht, als er ihr plötzlich mit einem Handzeichen gebot, stehenzubleiben.

Direkt am Waldrand unter einer tief verschneiten Tanne stand ein Rehbock, der seinen Kopf in die Höhe reckte und stolz sein Geweih zeigte.

„Ein Sechsender", flüsterte Ben ihr kaum hörbar zu, hockte sich nieder und machte Fotos. Seine Kamera war hochwertig und er nutzte geschickt das schwache Sonnenlicht aus, um die Tiere genau und scharf ins Bild zu bekommen.

Tessa hockte sich ebenfalls hin, um den Bock nicht zu verscheuchen. Noch nie war sie einem wilden Tier so nah gewesen und betrachtete staunend, wie nun zögernd und ständig witternd nach und nach fünf weitere Rehe aus dem Wald herauskamen.

Ein Hubschrauber flog dicht über den Bäumen dahin. Aufgeschreckt sprintete das Rudel Richtung Weide, wendete nach kurzem Spurt im tiefen Schnee und lief in den Wald zurück.

Ben erhob sich. „Die kommen so schnell nicht wieder. Kommen Sie."

Zielstrebig ging er auf die Stelle zu, die die Rehe gerade verlassen hatten. Die Tiere hatten den Waldboden aufgekratzt und mit den Hufen allerhand Gras, Wurzeln und Zapfen ans Tageslicht befördert.

„Hier ist eine beliebte Stelle, an der ich die Tiere schon oft beobachtet habe. Sehen Sie die Spuren dort im Schnee? Man kann genau sehen, ob ein Tier gemächlich dahinläuft oder auf der Flucht ist."

Tessa erblickte interessiert die unterschiedlichen Hufabdrücke und entdeckte weitere Spuren im Schnee. „Was sind denn das für Spuren?", fragte sie. „Es sieht aus, als wären hier große Vögel gewesen."

Ben nickte. „Diese Spuren haben Fasane hinterlassen. Die werden wir heute aber wohl nicht mehr zu sehen bekommen." Er zeigte zum Himmel. „Es zieht sich schon wieder zu."

Überrascht stellte Tessa fest, dass es schon drei Uhr am Nachmittag war. Sie hatte den Ausflug richtig genossen und war dem Bauern dankbar, dass er sie mitgenommen hatte.

Ben packte die Kamera in den Rucksack und sagte: „Sie können ja richtig stillsein, wenn's drauf ankommt." Eine warme Welle überzog Tessas Körper bei seinen Worten und sie zuckte lächelnd die Schultern.

Ben holte sein Handy aus der Tasche. „Immer noch kein Empfang", sagte er und setzte hinzu: „Oben im Nachbarort ist gestern der Sendemast vom Sturm abgeknickt worden." Er steckte das Gerät wieder ein und zuckte gleichgültig die Schultern. „Wir müssen sowieso zurück, es wird bald dunkel."

Tessa nickte wortlos.

# 5. Kapitel

Die Sonne war verschwunden und am Himmel türmten sich graue Wolken auf. „Es gibt wieder Schnee", sagte Ben und schulterte seinen Rucksack.

Tessa sah mit zusammengekniffenen Augen in den Himmel hinauf, als ihr unerwartet ein Schneeball mitten ins Gesicht flog.

„Hey", protestierte sie. „Na warte!"

Sekunden später war die schönste Schnellballschlacht in vollem Gange. Irgendwann lagen sie beide lachend im Schnee. „Mit Ihnen kann man sogar Spaß haben", sagte Ben lächelnd.

Tessa strahlte ihn an. „Ich liebe Schneeballschlachten."

„Hab ich gemerkt und werfen können Sie auch", sagte Ben und fragte: „Fahren Sie oft in Skiurlaub?"

Tessa zuckte die Schultern. „Früher bin ich oft gefahren, mit meinen Eltern. In den letzten Jahren nicht mehr, da haben wir immer im Süden Urlaub gemacht." Sie dachte daran, dass Tom nie Lust auf Schnee hatte und nur leidlich gut Ski fuhr. Schnee war einfach nicht sein Ding und Tessa hatte sich dem gefügt.

Ben stützte sich auf seinen rechten Ellbogen und beugte sich zu ihr hinüber. Sein Atem streifte ihr Gesicht und er fischte nach einer Haarsträhne, die unter Tessas Mütze hervorgekrochen war.

„Sie haben schönes Haar", sagte er mit plötzlich veränderter Stimme und sah sie durchdringend an.

Tessa spiegelte sich in seinen braunen Augen und eine warme Welle fuhr durch ihren Körper. Ganz sanft legten sich seine Lippen auf ihre. Sein Bart kitzelte an ihrem Kinn und seine Berührung entfachte ein kleines Feuer in ihrem Körper. Ihr Herz pochte aufgeregt und ohne es zu wollen, erwiderte sie seinen Kuss. Er deutete es als Zustimmung und plötzlich fanden sie sich in einem wunderbaren, intensiven Kuss wieder, von dem Tessa wünschte, er würde ewig dauern.

Oh, verdammt! Was tat sie da eigentlich? Sie war mit Tom zusammen.

Ob Ben Gedanken lesen konnte, oder ob er einfach nach Hause wollte, wusste sie nicht. So unvermittelt wie er sie geküsst hatte, sprang er jetzt auf die Füße.

„Wir müssen los, sonst sind wir gleich eingeschneit."

Tessa stand ebenfalls auf und klopfte sich den Schnee ab. Ganz leicht begann es jetzt zu schneien.

Wortlos gingen sie nebeneinander zurück, jeder tief in Gedanken versunken. Hin und wieder sah sie Ben von der Seite an. Er sah verdammt gut aus. Und er konnte tierisch gut küssen. Sie konnte ihn fast noch auf ihren Lippen spüren.

Als sie beim Haus angelangt waren, schneite es bereits heftig.

Tessa blickte sorgenvoll in den Himmel. „Hoffentlich ist die Straße wieder frei."

„Keine Sorge, ich habe den Schneeflug heute Morgen schon gesehen", sagte Ben. „Sicherheitshalber sollten Sie aber beim Hotel anrufen."

Trotz des innigen Kusses blieb er beim Sie und Tessa war es nur recht. Ein Bauer war wirklich nicht das Richtige für sie.

Aber der Gedanke an den Kuss ließ sie nicht los. Das heftige Herzklopfen, das Kribben im Bauch und das

Kitzeln seines Bartes auf ihrer Haut hatten sich so gut angefühlt, dass alles vorherige für Sekunden vergessen gewesen war.

Um nicht noch mehr zu grübeln, ging sie gleich ans Telefon und versuchte Tom zu erreichen. Schrecklicher Lärm erklang, als er sich endlich meldete.

Tom hatte sie wohl nicht richtig verstanden, denn er fragte: „Bist du's Tessa?" Erst da fiel ihr ein, dass er in München im Stadion war, um sich das Bayernspiel anzusehen. „Ja, ich wollte nur sagen, dass alles okay ist", sagte sie, als am anderen Ende erst recht ohrenbetäubender Lärm entstand und der Torjubel der Fans ein Gespräch unmöglich machte.

Sekundenlang keine Reaktion, dann sagte sie nur: „Viel Spaß noch, Tom." Ein heiseres „Tschüüss" erklang durch den Lärm und Tessa beendete das Gespräch.

Resigniert legte sie das Telefon zur Seite und erkundigte sich im Hotel nach den Straßenverhältnissen. Es sah alles andere als gut aus und die Rezeptionistin empfahl ihr, nur mit Schneeketten zu fahren, weil die Straße noch vereist war und es bereits wieder heftig schneite.

„Schneeketten?", fragte Tessa überrascht, denn an so etwas hatte sie nicht gedacht. Verärgert brach sie das Gespräch ab und rief Anke an.

„Tessa, endlich meldest du dich", überfiel die Freundin sie atemlos. „Ich versuche seit Stunden dich zu erreichen! Wieso gehst du nicht an dein Handy?"

„Ich bin auf einem Bauernhof", erklärte Tessa. „Es gibt kein Netz." Sie berichtete der Freundin von ihrem Missgeschick mit dem Auto.

„Dann ist es ja nicht schlimm, dass ich nicht kommen kann", sagte Anke. „Ich bin für heute Abend zum Essen verabredet und am Montag habe ich einen dringenden Geschäftstermin. Es wird nichts aus unserem gemeinsamen Wellnessurlaub. Im Hotel habe ich mich schon abgemeldet."

„Oh nein", rief Tessa enttäuscht aus. „Dann bin ich ja die nächsten Tage ganz allein."

„Du wirst dich schon beschäftigen", tröstete Anke. Tessa legte seufzend den Hörer weg.

Selten, dass ein Wochenende so dumm gelaufen war. Diesmal ging aber wirklich alles schief. Von wegen Wellnessurlaub. Stresstage waren das!

Ben kam herein. „Na, alles geregelt?"

„Haben Sie Schneeketten?", fragte sie statt einer Antwort.

„Wofür brauchen Sie die denn?"

Sie berichtete, was die Rezeptionistin ihr mitgeteilt hatte und setzte hinzu: „Ich habe keine dabei."

Er lachte. „Bleiben Sie doch einfach bis morgen hier. Dann sind die Straßen sicher wieder frei. Für Sonntag und Montag hat der Wetterbericht schon wieder Plustemperaturen gemeldet."

„Das geht doch nicht", wandte Tessa hastig ein.

Sein Gesicht nahm innerhalb von Sekunden einen wütenden Ausdruck an. „Ach so, ich bin ja ein Monster." Mit großen Schritten ging er zur Tür.

„So hab ich das doch nicht gemeint, Ben, bitte." Tessa seufzte. „Ich will Ihnen doch nur nicht zur Last fallen."

Er blieb an der Tür stehen. „Wenn's nur das ist", sagte er gedehnt und sie sah plötzlich ein hintergründiges

Funkeln in seinen braunen Augen. „Sie könnten mir helfen, das Abendessen zuzubereiten."

Tessa lächelte befreit. „Gerne."

\*\*\*

Eine halbe Stunde später standen sie beide in der Küche. Tessa war ganz begeistert, denn mit Tom hatte sie so etwas noch nie gemacht. Er hasste Küchenarbeit.

Tessa schnippelte Gemüse und Ben schichtete es mit Fischfilets sogfältig in eine Kasserolle, überstreute das Gericht mit geriebenem Käse und schob alles in den Backofen. Zu dem Filet hatte Ben Petersilienkartoffeln und Buttergemüse vorgesehen, die sie nun gemeinsam zubereiteten, während der Fisch im Ofen garte.

Zu Tessas Überraschung war Bens Vorratsraum neben der Küche gut bestückt. Wahrscheinlich hätten sie für zwei Wochen täglich etwas anderes essen können, ohne einzukaufen, so gut gefüllt war sein Eisschrank, und die Kartoffeln in der Kiste reichten sicher noch bis zum Frühling.

„Kochen Sie immer selbst?", fragte sie Ben, der nun den Tisch in der abgetrennten Nische der Küche deckte.

„Meistens", gab er ausweichend an und fragte: „Und Sie? Kochen Sie oft?"

Tessa schüttelte den Kopf. „Eigentlich koche ich gern, aber wenn ich von der Arbeit komme, ist es meistens schon nach sechs abends und dann bin ich einfach zu müde", gab sie zu. „Wir gehen dann essen oder bestellen eine Pizza."

Ben äußerte sich nicht dazu, sondern sah sie durchdringend an, so als wolle er ihre Gedanken lesen.

Ungewollt errötete Tessa stark und ihr Herz klopfte wie ein unruhiger Vogel in ihrer Brust. Sie senkte hastig den Kopf und spielte mit ihren Fingern, um ihre Verlegenheit zu verbergen.

„Wohnen Sie mit Ihrem Freund zusammen", fragte er plötzlich.

Tessa nickte. „Wir wollen im Sommer heiraten."

„Ach, und er lässt Sie so allein durch die Gegend fahren?"

Tessa fasste es als Rüge auf und antwortete patzig: „Ich brauche keinen Aufpasser, ich werde gut allein fertig." Dieser Idiot, was ging ihn ihr Leben an!

Ben zog überrascht die Brauen hoch und schüttelte wortlos den Kopf.

Zu gern hätte sie gewusst, was in seinen Gedanken vorging, aber er wandte sich schweigend dem Ofen zu, schaltete ihn kleiner, murmelte etwas Unverständliches und verschwand aus der Küche.

Tessa setzte sich an den gedeckten Tisch. Sollte Ben doch denken, was er wollte. Morgen war sie weg und dann würde sie ihn zum Glück nie wieder sehen.

Trotz dieser Gedanken hatte sie richtig Appetit, denn seit dem Frühstück am Morgen hatte sie nichts mehr zu sich genommen.

Ben hatte Weingläser aufgedeckt. Noch während sie überlegte, wo im Vorratsraum der Wein stehen könnte, sie hatte dort nur eine Kiste Bier entdeckt, kam Ben mit einer Flasche Weißwein in der Hand herein. Gekonnt entkorkte er die Flasche und reichte ihr ein Glas zur Probe.

Tessa nahm einen winzigen Schluck und hätte am liebsten gleich ein ganzes Glas geleert. „Der ist aber gut", sagte sie anerkennend.

Ben grinste selbstgefällig. „Für meine Gäste nur das Beste."

\*\*\*

Das Essen war exzellent und hätte in einem guten Restaurant nicht besser sein können. Ben hatte Kerzen auf den Tisch gestellt und Tessa blickte ihn hin und wieder über die flackernde Flamme hinweg an. Im Gegensatz zu Tom schien er einen Hang zur Romantik zu haben, so schön wie er den Tisch gedeckt hatte. Tessa fühlte sich richtig wohl.

Ben trug jetzt ein schwarzes Shirt zu einer Jeans und eine Rolex glitzerte an seinem Arm. Er gab ihr echt Rätsel auf. Gutaussehend, ein hervorragender Koch und dann noch handwerklich begabt. Er schien mit seinem Hof viel zu verdienen. Zwar waren einige der Räume, die sie gesehen hatte, noch nicht fertig, aber wo die Einrichtung komplett war, war sie hochwertig und teuer.

„Haben Sie auch Tiere hier auf dem Hof?", fragte sie und sah ihn an.

Ben schluckte und ließ die Gabel mit Fisch auf den Teller sinken, die er gerade zum Mund führte. „Meinen Sie Schweine oder Kühe?"

Tessa nickte „Dies ist doch ein Bauernhof, oder ...?"

„Von Landwirtschaft haben Sie keine Ahnung, nicht wahr?" Er schnaubte verächtlich. „Wenn ich Vieh hätte, müsste ich es doch füttern. Haben Sie davon was gemerkt?"

„Nein", sagte Tessa irritiert. „Sie sind aber doch Bauer, oder?"

„Ich habe den Hof hier gekauft, weil der Besitzer keinen Nachfolger hatte", erklärte Ben, ohne ihre eigentliche Frage zu beantworten. „Ich liebe die Stille hier und das Dorf liegt ganz in der Nähe."

„Haben Sie von dort heute Morgen die Brötchen mitgebracht?", fragte Tessa und ärgerte sich. Dieser arrogante Blödmann. Schließlich konnte sie nicht wissen, wie ein Bauernhof bewirtschaftet wurde.

„Ja, die Bäckerei ist morgens ab sechs geöffnet", sagte Ben und fragte: „Noch Wein?"

Tessa lehnte ab. „Ich muss morgen fahren."

„Morgen merken Sie davon nichts mehr", sagte er und goss ein. Die Flasche war leer, Ben holte eine neue und fragte beim Zurückkommen unvermittelt: „Spielen Sie Schach?"

„Ja, mein Vater hat's mir beigebracht."

„Dann ist der Abend gerettet."

Wieder verschwand Ben. Fröhlich pfeifend kam er wenig später mit Schachbrett und Steinen zurück. Er baute das Spiel auf und stellte leise Musik an.

\*\*\*

Es war schon elf Uhr, als Ben einen Zug machte und grinsend erklärte: „Schachmatt!"

Tessa seufzte. „Sie sind wohl doch der bessere Spieler."

„Aber Sie haben sich wacker geschlagen", sagte Ben lächelnd und verteilte den letzten Wein. Das dunkle Haar war ihm in die Stirn gefallen, was ihm ein verwegenes Aussehen gab. Seine Augen funkelten wie schwarze Topase und musterten sie eindringlich. „Möchten Sie tanzen?"

„Hier?" Tessa machte eine Handbewegung, die die ganze Küche umfasste.

„Ist doch Platz genug", sagte Ben und legte neue Musik auf. Blues.

Ben verbeugte sich galant und zog sie hoch.

Erst jetzt merkte Tessa, dass sie mehr Wein getrunken hatte, als ihr guttat. Ihr war schwindlig und sie konzentrierte sich auf sein Gesicht, um nicht zu schwanken.

Ben tanzte gut, zu gut. Tessa überließ sich seiner Führung und genoss den sanften Druck seiner Hand an ihrer Taille. Sie hob den Kopf und sah, wie Ben sie lächelnd musterte. Das Kribbeln in ihrem Bauch war wieder da und sie hätte ewig so weiter tanzen können. Sein Gesicht war ganz nah vor ihrem und sein Atem streichelte ihre Haut.

„Vermissen Sie ihn?", fragte Ben plötzlich und sah sie prüfend an.

Tessa schrak zusammen. Verdammt. Tom. An Tom hatte sie den ganzen Abend nicht gedacht.

Abrupt befreite sie sich aus Bens Armen und erklärte hastig: „Ich muss morgen früh raus."

Ben zog unmutig die Brauen zusammen und stellte wortlos die Musik ab.

Schweigend verließ Tessa die Küche und ging ins Bad. Im Spiegel sah sie ihre erhitzten Wangen und noch immer klopfte ihr Herz von dem Tanz mit Ben. Seine starken Arme hatten sie sicher geführt und sein Geruch war so betörend gewesen, dass sie am liebsten den Kopf an seine Schulter gelehnt hätte. Verärgert wusch sie ihr Gesicht mit kaltem Wasser, um die Hitze auf ihren Wangen zu vertreiben. Sie war völlig durcheinander und hatte sogar das Schachspiel genossen, obwohl sie verloren hatte. Am schlimmsten war es, dass sie nicht eine Sekunde an Tom gedacht hatte, so wohlgefühlt hatte sie sich. Der Wein war schuld. Eine andere Erklärung gab es nicht. Ben war ihr völlig schnuppe. Niemals würde sie sich in einen Bauern verlieben. Sie liebte Tom. Im Sommer würde sie ihn heiraten. Genau.

\*\*\*

Tessa kam aus tiefem Schlaf und fuhr im Bett hoch. „Au!", rief sie und sank zurück. Sie hatte sich heftig gestoßen. Im Zimmer war es hell.

Tessa rieb sich den Kopf und stellte fest, dass ein Alkoven doch nicht das Richtige für sie war, weil sie es gewohnt war, beim Erwachen gleich aufzuspringen. Sie stand auf und sah aus dem Fenster. Die Sonne schien und draußen bot sich ihr eine Postkartenidylle.

Tessa lief ins Bad. Als sie sich zurechtgemacht hatte, ging sie zum Wohnzimmerfenster. Der ganze Hof bis zur Scheune hin war schon vom Schnee geräumt, der sich an den Seiten hoch auftürmte.

Tessa holte ihr Handy hervor und stellte fest, dass es endlich wieder Empfang hatte. Zwei Nachrichten von Tom, die er vor ihrem Anruf in München gesendet hatte. Sie teilte ihm mit, dass sie auf dem Weg ins Hotel sei. Dann las sie die Nachrichten, die Anke ihr geschickt hatte. Aber auch das waren Nachrichten, die die Freundin vor ihrem gemeinsamen Gespräch gesendet hatte. Tessa steckte das Handy in die Tasche, packte den Koffer, räumte den Alkoven auf und stellte die Sachen im Wohnzimmer ab. Dann ging sie in die Küche und machte Frühstück. Ob sie Ben für die Übernachtung Geld geben sollte? Noch während sie darüber nachdachte, hörte sie, wie draußen ein Traktor ankam. Gleich darauf erlosch der laute Dieselmotor und Ben kam gut gelaunt mit einem Lächeln herein.

„Guten Morgen, ich habe Brötchen mitgebracht." Er legte die Tüte auf den Tisch und war gleich wieder aus der Küche verschwunden. Zwanzig Minuten später kam er wieder herein. Er trug Jeans und ein hellgraues Oberhemd, sein dunkles Haar war noch nass von der Dusche und er hatte es akkurat zurückgekämmt. Er sah einfach unwiderstehlich gut aus.

Tessa goss Kaffee ein, um ihre plötzlich aufkommende Unsicherheit zu verbergen.

Ben schien nichts zu merken und fragte: „Gut geschlafen?"

„Danke, ja." Tessa nahm von den frischen Brötchen, die er mitgebracht hatte und begann es zu teilen.

„Wie ich gesehen habe, ist Ihr Koffer schon gepackt", sagte er, während er sein Brötchen dick mit Butter bestrich. „Ich habe den Weg heute Morgen geräumt und die Landstraße ist auch frei. Sie können also beruhigt losfahren."

„Gott sei Dank", antwortete Tessa und nahm einen Schluck Kaffee. Sie war nervös und hatte überhaupt keinen Appetit. Schon gar nicht, wenn er sie so ansah.

„Sie essen ja wieder nichts", rügte er nun und schüttelte den Kopf. „Langen Sie ruhig richtig zu. Ich will mir nicht sagen lassen, dass ich meine Gäste verhungern lasse."

Tessa zwang sich, von ihrem Brötchen abzubeißen, und aß mit gesenktem Kopf. Warum musste er sie auch so anstarren.

Ob Ben etwas gemerkt hatte? Er war jetzt still und vertilgte bereits das zweite Brötchen. Das Rührei, das sie extra für ihn gemacht hatte, war schon weg, und er schien noch immer Hunger zu haben. Wahrscheinlich lag das an der körperlichen Arbeit auf dem Hof.

Tessa stand auf. „Ich muss los."

Sie fummelte einen Fünfzig-Euro-Schein aus der Tasche und legte ihn auf den Tisch. „Danke für Kost und Logis." Schon als es heraus war, hätte sie die Worte am liebsten zurückgeholt. Zu spät!

Ben sprang wütend auf und der Stuhl fiel polternd hinter ihm zur Erde. „Sie sind mein Gast! Verdammt noch mal. Ich will Ihr Geld nicht."

Verdattert sah Tessa in seine wütend zusammengekniffenen Augen. Er trat auf sie zu, stopfte den Fünfziger wortlos in ihre Hosentasche und lief aus der Küche. Er knallte die Tür hinter sich zu, dass sie fast aus den Angeln sprang. Tessa holte tief Luft. So hatte sie das doch gar nicht gemeint.

Sie wollte gerade den Frühstückstisch abräumen, als sich die Tür öffnete und Ben hereinkam. „Verschwinden Sie endlich."

Fluchtartig verließ Tessa die Küche und schnappte sich ihren Koffer.

Sie fuhr das Auto langsam aus der Scheune, deren Tor schon geöffnet war. Mit einem letzten Blick in den Rückspiegel rollte sie von dem Hof, den Ben am Morgen so sorgsam geräumt hatte. Gerade als sie die Kurve erreicht hatte, sah sie jemanden zur Scheune hinübergehen. Sie war sicher, dass es Ben war.

# 6. Kapitel

Tessa seufzte. Irgendwie hatte sie im Moment nur Pech. Erst das Theater mit den Zimmers, die ständig an ihren Vorschlägen herummäkelten, dann der Streit mit Tom, danach der Unfall im Schnee und nun hatte sie sich nicht einmal ordentlich von Ben verabschiedet. Alles nur, weil sie ihm dummerweise den Euroschein auf den Tisch gelegt hatte. Sie hatte sich doch nur bei ihm bedanken wollen. Ben war jedoch richtig beleidigt gewesen, dass sie seine Gastfreundschaft hatte bezahlen wollen.

Unablässig wanderten Tessas Gedanken zurück, während ihr Auto auf der Straße dahinrollte, die jetzt zum Glück fast schneefrei und bis auf einen roten Kleinwagen, der ihr langsam entgegenkam, komplett leer war.

Sie dachte an Ben, wie er sie über den Hügel getragen hatte. Sie hatte sich an ihn gekuschelt und sich ganz auf ihn verlassen. Dann der Moment, als Ben sie wieder ins Haus geholt hatte, aus Angst, sie würde erfrieren.

Der Kuss im Schnee. Aber nein, daran wollte sie nicht denken. Daran durfte sie nicht denken. Sie liebte Tom.

Doch immer wenn sie an Tom dachte, funkte Bens Gesicht dazwischen, wie er lächelte. Besonders seine Augen hatten es ihr angetan, die er in der Wut zu schmalen Schlitzen zusammenpresste, die aber, wenn er lächelte, funkelten wie schwarze Topase im Sonnenlicht. Sein Bart, der ihre Haut gekitzelt und in ihrem ganzen Körper ein Feuer entfacht hatte, wie sie es lange nicht gespürt hatte. Der Tanz in der Küche, als sie seine starken Arme gespürt und sein Atem ihr Gesicht gestreichelt hatte.

Verdammt! Sie schlug mit der Faust aufs Lenkrad und ihr Auto machte einen Schlenker. Hastig lenkte sie gegen und riss sich zusammen. Sie würde Ben nie wieder sehen, und das war gut. Tessa atmete tief durch. Genau.

Jetzt konzentrierte sie sich auf die nächsten Tage. Fango und Massage. Relaxen im hoteleigenem Schwimmbad und sich ganz viel Ruhe gönnen, das war ihr Ziel, auch wenn es jetzt nur noch zwei Tage waren.

\*\*\*

Das Hotel hatte alles, was sie sich gewünscht hatte. In der Halle versprach ein bunt geschmückter, riesiger Tannenbaum, dessen Lichter selbst am Tag nie ausgingen, dass Weihnachten hier einfach wunderschön sein musste. Ihr Zimmer im zweiten Stock bot einen fantastischen Blick über die verschneite Landschaft. Der Tisch war mit einem schönen Gesteck geschmückt, dessen Kerze sie jeden Abend entzündete, um sich richtig auf Weihnachten einzustimmen. Jeden Tag machte Tessa einen weiten Spaziergang durch die verschneite Umgebung. Sie nutzte die Wellnessangebote aus und zwischendurch bereitete sie sich auf ihren Workshop in Bielefeld vor.

Am Dienstagabend nach zwei Tagen voller Ruhe und einem Kosmetikprogramm packte sie ihre Koffer und fuhr nach Bielefeld. Zu ihrer Freude waren alle Straßen wieder frei und nach einer guten Stunde erreichte sie ihr Hotel in Bielefeld, das ganz in der Nähe der

Universität lag, wo der Workshop stattfand. Sie freute sich schon auf die Vorträge zu ganz neuen Erkenntnissen in der Bauindustrie, der angekündigte Professor sollte eine Kapazität in Sachen Statik und moderner Baukultur sein.

Seit Sonntag hatte sie jeden Abend mit Tom telefoniert und auch heute rief sie ihn an. Mittlerweile musste sie schon über ihre mädchenhafte Schwärmerei für Ben lachen, denn Tom war doch der Anker in ihrem Leben. Tom, der immer für sie da gewesen war, seit sie gemeinsam die Schulbank gedrückt hatten.

Ben war die Erinnerung an einen glimpflich verlaufenen Unfall im Schnee – und nicht mehr. Wahrscheinlich konnte sie in wenigen Wochen herzlich darüber lachen, wenn auch sein Gesicht noch immer in ihren Träumen herumgeisterte.

\*\*\*

Am Mittwochmorgen war sie pünktlich in der Uni. Die Uni war größer, als sie gedacht hatte, und die vielen Fachbereiche waren in unterschiedlichen Gebäuden untergebracht. Auf dem Campus lag Schnee, aber der Parkplatz war säuberlich geräumt. Da Tessa sich nicht auskannte, fragte sie eine Studentin, die neben ihr parkte, nach dem Ort des Workshops. Zum Glück war die Unbekannte Architekturstudentin und konnte ihr gleich weiterhelfen.

„Da muss ich auch hin", erklärte sie und stellte sich als Mia vor. „Es haben sich so viele Teilnehmer angemeldet, dass der heutige Vortrag im Hörsaal stattfindet. Später werden dann die Arbeitsgruppen gebildet."

Gemeinsam betraten die beiden Frauen das Universitätsgebäude. Die Eingangshalle war riesig. Flüchtig schweifte Tessas Blick über eine große Wandtafel, an der der Asta die Veranstaltungen im Rahmen der einzelnen Studienprojekte bekanntgab. An einer großen Tafel in der Mitte der Halle waren die einzelnen Fachbereiche aufgeführt und mit Großbuchstaben gekennzeichnet. Dank Mia, die im dritten Semester war, hatten sie schnell den Hörsaal gefunden.

Ein Anschlag an der Tür unterrichtete davon, dass es bei den vortragenden Professoren eine Änderung gab.

„Ha", rief Mia triumphierend aus. „Der Almöhi kommt!"

„Almöhi?" Tessa sah Mia fragend an.

„Professor Vorderbaum. Er ist echt spitze. Total interessante Vorträge und er kennt sich in der Praxis aus, das wirst du gleich merken", klärte Mia sie auf.

Tessa fiel ein, das sich Ben mit dem gleichen Nachnamen bei ihr vorgestellt hatte. Zufälle gab es. Sie schüttelte den Gedanken ab und fragte: „Warum nennt ihr ihn Almöhi?"

Mia lachte. „Weil er in den Bergen wohnt und auf eine Heidi wartet."

Wieder drängte sich Bens Gesicht in Tessas Erinnerung. Himmel noch mal! Dabei wollte sie ihn unbedingt vergessen.

Tessa konzentrierte sich auf Mias Worte, stellte sich aber einen grauhaarigen Professor mit Rauschebart und Nickelbrille vor. „Wie alt ist er denn?"

„Noch keine vierzig, ich glaube sechsunddreißig oder so. Er ist einer der jüngsten Professoren an der Uni", erklärte Mia und lotste Tessa zur dritten Reihe. „Gut, dass wir so früh sind. Nachher ist es hier rammelvoll. Hier kriegst du alles mit. Außerdem ist der Prof echt ʼne Augenweide, deshalb ist nachher garantiert kein Platz mehr frei." Sie grinste. „Er wär genau mein Typ."

„Wenn er so gut aussieht, wie du sagst, dann ist es ja schon eine Beleidigung, wenn ihr ihn Almöhi nennt." Tessa schüttelte lachend den Kopf.

Mia winkte ab. „Er kennt seinen Spitznamen, darüber lacht er höchstens."

So langsam füllte sich der Hörsaal und kurz vor Beginn der Veranstaltung war es zum Bersten voll. Jetzt begrüßte Tessa es, dass sie so früh gekommen waren, denn Mia und sie saßen genau vor dem Podium.

Ein Raunen ging durch die Reihen und schlagartig sank die Geräuschkulisse um etliche Takte nach unten. Mit Schwung öffnete sich die Tür neben dem Podium und mit großen, federnden Schritten betrat Professor Vorderbaum den Hörsaal. Er marschierte voller Elan zum Rednerpult, wechselte einige Worte mit dem studentischen Mitarbeiter, der etwas abseits an einem Tisch saß, und trat ans Mikrophon.

Tessa starrte nach vorn und senkte ihren Kopf, weil ihr Gesicht plötzlich glühte wie eine Infrarotlampe.

Vor Scham wäre sie am liebsten im Boden versunken. Jetzt bedauerte sie es, so weit vorn zu sitzen. Sekundenlang setzte ihre Atmung aus, dann holte sie tief Luft, und versuchte sich zu entspannen. Ihre Hände zitterten und ihr Herz klopfte, als müsse es ihr aus der Brust springen. Der Mann am Mikrophon war – Ben.

Mia stieß sie an. „Hey, ist dir nicht gut." Ihre neue Freundin sah sie besorgt an.

„Geht schon wieder", stieß Tessa leise hervor und atmete heftig aus und ein.

Es dauerte fast eine Viertelstunde, bis sie es wagte, nach vorn zu blicken, geradewegs in Bens Gesicht.

Natürlich hatte er sie längst entdeckt, ließ sich aber nichts anmerken. Er taxierte sie, als müsse er ihre Eignung für das Fach prüfen, ohne im Geringsten von seinem Vortrag abzuweichen oder die Stimme zu verändern.

„Er sieht zu uns hinüber", zischelte Mia. „Er ist so süß." Wahrscheinlich nahm Mia an, dass der Professor ihretwegen zu ihnen hinüber gesehen hatte. Aber Tessa wusste, dass dem nicht so war.

Trotzdem: Sein Auftritt war großartig. Er hatte Charisma, anders konnte Tessa es nicht bezeichnen. Er wusste genau, wovon er sprach, wenn er die Besonderheiten der Statik von Dächern mit Grünflächen der Statik anderer Dächer gegenüberstellte. Er wusste um die Gewichte von Schneelasten, die die Dächer in Alpenländern nach extremen Schneefällen zu tragen hatten, und bezog auch das Gewicht der immer häufiger werdenden Fotovoltaikanlagen auf den Dächern mit ein. Seine Argumentation untermauerte er mit Beispielen aus der Praxis, die so gut dargestellt waren, dass man sofort merkte: Dieser Mann kannte sich aus.

Tessa hätte sich ohrfeigen können, dass sie ihn so falsch eingeschätzt hatte. Jetzt wusste sie, warum er so geschickt das alte Haus verändert hatte, und wer ihm die Zeichnung dazu gemacht hatte. Dass er es handwerklich gut drauf hatte, merkte man auch an den

Praxisbeispielen, die er nicht nur einfließen ließ, sondern mit Videospots an der Leinwand hervorragend darstellte.

Ben sah an diesem Morgen einfach umwerfend gut aus. Er trug wie am Sonntagmorgen über einem hellgrauen Oberhemd ohne Krawatte ein dunkelgraues Tweedsakko und dazu Blue Jeans.

Er war beim Friseur gewesen. Sein Haar war an den Seiten modisch kurz rasiert und nur am Oberkopf war es etwas länger und akkurat zurückgekämmt. Eine Strähne fiel ihm in die Stirn, obwohl er sie immer wieder zurückstrich. Tessa fand das total sexy, vermied aber, ihn noch einmal direkt anzusehen.

Mia starrte die ganze Zeit verliebt zu ihm hinüber und raunte Tessa zu: „Er sieht einfach zum Anbeißen aus. Ich liebe es, wenn Männer Bart tragen."

Tessa runzelte die Stirn, äußerte sich aber nicht dazu, denn sie wollte kein Wort von Bens Vortrag verpassen.

\*\*\*

Es war endlich Mittag und Tessa saß mit Mia in der Mensa und musste mit wachsender Ungeduld deren Schwärmerei ertragen.

„Er ist so klasse und sieht einfach süß aus!", wiederholte Mia nun schon zum x-ten Mal. „Heute hat er immer wieder zu mir hingesehen", sagte sie.

Plötzlich stieß sie Tessa heftig in die Seite. Das Glas Cola, dass Tessa gerade zum Mund führte, schwappte über und die braune Brühe landete teils auf ihrem weißen Pullover, teils auf ihrer Jeans.

Tessa sprang auf. „Mist", rief sie empört und wollte gerade zu einem wütenden Kommentar ansetzen, als hinter ihr eine wohlbekannte Stimme erscholl: „Schon wieder in Schwierigkeiten, Frau Mattis?"

Erschrocken sah Tessa in Bens spöttisch funkelnde Augen und wünschte nichts sehnlicher, als unsichtbar zu sein. „Ich, äh ...!"

Ben jonglierte sein Tablett gekonnt an ihr vorbei und mit einem: „Ich sehe schon, Sie kommen zurecht", ging er davon und ließ sich mehrere Tische weiter neben einem Kollegen nieder. Tessa war so geschockt, dass sie ihm nur entsetzt nachblickte.

Erst jetzt registrierte Tessa, dass Mia sie mit offenem Mund anstarrte wie ein Wesen aus einer anderen Welt: „Du kennst ihn? Warum hast du das nicht gesagt?"

Tessa holte ein Papiertaschentuch heraus und tupfte die verschüttete Cola ab, was natürlich vergebliche Mühe war, denn die klebrige Brühe war schon in den Pullover eingedrungen.

„Ich hab doch nicht gewusst, dass er hier an der Uni Professor ist", sagte sie noch immer völlig durcheinander.

Mia überhörte es und bohrte nach: „Wo hast du ihn kennengelernt? Erzähl!"

Oh Gott, auch das noch! Niemals würde sie Mia von ihrem Aufenthalt auf Bens Hof berichten. Aber da hörte sie sich schon sagen: „Bei einem Glätteunfall. Ich bin mit meinem Auto von der Straße abgekommen. Er hat mir geholfen und dann bin ich weitergefahren."

„Er hat dich angeschoben? Toll!" Mia rollte theatralisch die Augen. „Schade, dass ich nicht an deiner Stelle war. Für so einen Retter ginge ich glatt ein paar Tage ins Krankenhaus."

„Mir hat's gereicht", sagte Tessa grimmig, während sie noch immer an den Colaflecken herumrieb. „Wahrscheinlich hält er mich jetzt für die tollpatschigste Person unter der Sonne."

Tessa hätte heulen können. Ausgerechnet jetzt, wo sie völlig mit Cola bekleckert war, musste Ben in der Mensa auftauchen. Und wie sollte sie so schnell einen sauberen Pullover herbekommen? Sie würde den ganzen Nachmittag in dem fleckigen Ding herumlaufen müssen und Ben hätte bestimmt seine helle Freude daran.

Ihre Sorge war absolut unbegründet. Die Stunden am Nachmittag übernahmen zwei studentische Mitarbeiter, die die einzelnen Themen vom Morgen in unterschiedlichen Gruppen mit den Studenten und Lehrgangsteilnehmern diskutierten und bearbeiteten.

Am nächsten Tag wurde der morgendliche Vortrag von einem anderen Professor übernommen und Ben ließ sich auch am letzten Tag nicht mehr sehen.

# 7. Kapitel

Gleich nachdem der Workshop am Freitagnachmittag zu Ende war, fuhr Tessa nach Hause. Eigentlich hatte sie ihr Hotel bis zum Samstagmorgen gebucht, aber sie wollte an der Abschiedsparty nach dem Workshop nicht mehr teilnehmen. Noch immer ärgerte sie sich darüber, dass sie Ben so falsch eingeschätzt hatte, und wollte ihm keinesfalls über den Weg laufen. Sie freute sich auf Tom und wollte den ganzen Schlamassel im Sauerland, genau wie das Missgeschick in der Mensa, schnellstens vergessen.

Als sie kurz vor sieben Uhr zurückkam, war Tom nicht da. Sie schickte ihm eine Nachricht und packte erst einmal ihre Sachen aus. Der Blick in den Kühlschrank verriet ihr, dass Tom wohl die ganze Woche bei seinen Eltern gegessen hatte, denn außer ein paar Flaschen Bier war nichts drin.

Tessa steckte ihre verschmutzte Kleidung in die Maschine und fuhr anschließend zum Supermarkt, der bis acht Uhr geöffnet hatte. Vollbepackt kam sie zurück.

Von Tom war noch immer nichts zu sehen und ihre Nachricht hatte er auch nicht beantwortet. Tessa war müde von der Fahrt und machte es sich bei Rotwein und Schnittchen auf dem Sofa gemütlich.

Plötzlich schrak sie auf. „Hey, du bist ja schon da, ich dachte, du kommst erst morgen Mittag." Tom stand vor ihr und lächelte sie an.

Tessa schüttelte sich. „Ich glaub, ich bin eingeschlafen", murmelte sie, als sich Tom neben sie setzte und sie zärtlich an sich zog.

„Wo warst du so lange?", fragte sie, doch Tom gab keine Antwort und küsste sie innig.

„Ich war bei meinen Eltern zum Abendessen", sagte er dann und lachte. „Ich habe eine Überraschung. Wir haben endlich ein Grundstück für unser Traumhaus gefunden."

„Echt?" Tessa strahlte.

„Ich habe heute Morgen einen positiven Bescheid zur Bauvoranfrage bekommen. Und jetzt können wir gemeinsam die Pläne machen", erklärte Tom.

Tessa fiel ihm um den Hals und nun küssten sie sich so stürmisch, wie es Tessa sich die ganze Zeit ausgemalt hatte.

„Lass uns gleich hinfahren und nachsehen. Ich will wissen, wo das Grundstück liegt", sagte Tessa begeistert, als sie sich von Tom löste.

„Das können wir morgen noch machen. Heute habe ich schon was vor, außerdem ist es jetzt schon viel zu dunkel", sagte Tom. „Die Jungs vom Tennisclub wollen 'ne Sause machen. Herrenabend." Er grinste.

Tessa sah ihn enttäuscht an. „Heute? Ich dachte, wir machen uns einen schönen Abend."

„Ich konnte doch nicht ahnen, dass du schon so früh zu Hause bist", sagte Tom. „Wieso bist du überhaupt schon da? Hast du nicht gesagt, dass der Workshop erst am Samstagmittag endet?"

„Doch schon", sagte Tessa. „Ich hatte einfach Sehnsucht."

„Wir holen morgen alles nach", sagte Tom, warf ihr eine Kusshand zu und verschwand ins Schlafzimmer. Kurz darauf war er weg.

Enttäuscht kuschelte sich Tessa wieder ins Sofa. Irgendwie hatte sie sich den Empfang nach einer Woche Abwesenheit anders vorgestellt. Tom schien sich die ganze Woche prächtig amüsiert zu haben, denn mit keinem Wort hatte er erwähnt, dass er sie vermisst hatte. Tessa wartete lange auf ihn, erst als es nach zwölf Uhr war, ging sie ins Bett.

*** 

Tessa erwachte vom Kaffeeduft, der durch die halbgeöffnete Tür des Schlafzimmers drang. Sie reckte und streckte sich genüsslich. Sie hatte gut geschlafen und hörte leise Geräusche aus der Küche.

„Oh, schon neun Uhr?" Entsetzt sah sie auf die Uhr und sprang hastig aus dem Bett, als ihr einfiel, dass ja Samstag war.

Sie huschte ins Bad und ging gleich darauf in die Küche. „Du hast schon Brötchen geholt, toll", sagte sie und gab Tom einen Kuss.

„Ich bin schon gelaufen", sagte er stolz.

„Es ist schön, wieder zu Hause zu sein." Tessa strahlte ihn an und butterte sich genussvoll ihr Brötchen. „Ich bin schon voll gespannt auf unser Grundstück."

Tom lächelte hintergründig, sagte aber nichts dazu, sondern fragte: „Was willst du heute Abend anziehen?"

„Heute Abend?" Tessa sah ihn stirnrunzelnd an.

„Der Architektenball im Kongress Palais, du weißt doch, dass ich Karten besorgt habe. Wir treffen dort sicher viele Bekannte aus unserer Studienzeit", sagte Tom.

„Oh, das hätt ich fast vergessen, klar müssen wir dahin", sagte Tessa begeistert. „Das neue Kleid mit dem kurzen Rock hab ich doch extra dafür gekauft."

„Ehrlich gesagt, gefällst du mir am besten in dem blauen Chiffonkleid mit dem Spitzenoberteil und dem Jäckchen."

„Das hatte ich doch auf dem Sommerball schon an." Tessa seufzte.

„Na und?", sagte Tom. „Ich ziehe auch den Anzug vom letzten Jahr an."

„Das ist doch was ganz anderes." Tessa lachte. „Außerdem ist das Blaue rückenfrei und jetzt haben wir Winter."

„Erstens ist der Saal geheizt, zweitens hast du ein Jäckchen dazu und drittens wird dir bestimmt warm, wenn ich dir den Arm umlege." Tom zog sie an sich und küsste sie.

„Bei so vielen positiven Argumenten muss ich es ja anziehen." Tessa lachte. „Aber nur, wenn du mir gleich unser Grundstück zeigst."

„Als allererstes sehe ich mir dein Auto an, gestern Abend war es schon zu dunkel", sagte Tom.

Draußen ging er prüfend um den Wagen herum. „Das ist ja kaum zu sehen", sagte er. „Da hast du echt Glück gehabt. Am besten du bringst es Montagmorgen gleich in die Werkstatt."

Tessa nickte zustimmend.

Mit Toms Auto fuhren sie zu dem Grundstück, das ganz in der Nähe lag und sofort Tessas Misstrauen erregte. „Liegt das Grundstück etwa im Garten deiner Eltern?"

„Ja, genau. Die Bauvoranfrage ist positiv und wir können am Haus meiner Eltern vorbei die Zufahrt machen", erklärte Tom strahlend.

„Dann haben deine Eltern doch nur noch einen ganz kleinen Garten und für uns bleibt gerade mal Platz für die Terrasse", warf Tessa ein.

„Also wirklich, Tessa!" Tom schüttelte verständnislos den Kopf. „Meine Eltern haben einen richtigen Park, da bleibt noch genug für einen schönen Garten übrig. Wir bekommen es geschenkt und müssen nicht mehr suchen."

„Glaubst du, dass das eine gute Idee ist?"

„Tessa, mein Vater hat schon im letzten Jahr die Bauvoranfrage gestellt", erklärte Tom. „Anfangs hieß es, das wir dort nicht bauen dürfen, aber jetzt, angesichts der Wohnungsnot überall, haben wir doch die Genehmigung bekommen. Das werden wir auf jeden Fall nutzen."

„Warum habt ihr mich nicht vorher gefragt?" Tessa war gar nicht begeistert. Sie fühlte sich schon jetzt durch Toms Eltern kontrolliert, dann würde es noch schlimmer werden.

Plötzlich musste sie an Ben denken. Sein Haus stand so weit abseits, dass dort niemand sah, was er machte und wie er lebte. Zum ersten Mal erkannte sie, dass solch eine Abgeschiedenheit auch ihr Gutes hatte. Ob Ben deshalb den alten Hof gekauft hatte?

„Hallo Tessa!" Tom stieß sie an. „Hörst du mir überhaupt zu?"

„Entschuldige, was hast du gesagt?"

„Ich habe gesagt, dass ich auf jeden Fall hier baue", erklärte Tom energisch. „Aber dich scheint das ja schon gar nicht mehr zu interessieren."

„Doch natürlich, aber ich finde es ist einfach nicht schön, dass wir deinen Eltern den Garten kaputtmachen."

Tom lachte. „Der Garten ist auch nachher noch ziemlich groß. Außerdem sparen sie dann den Gärtner und können selbst die Rabatten pflegen."

„Als wenn deine Eltern jemals Gartenarbeit machen würden", sagte Tessa. „Wahrscheinlich erwarten sie das von uns und alles bleibt an mir hängen."

Tom raufte sich das Haar. „Wirklich Tessa, du raubst mir den letzten Nerv. Seit Ewigkeiten suchen wir nach einem Grundstück und nun, wo wir endlich eins haben, ist es dir nicht recht. Dabei ist die Lage ideal", stieß er wütend hervor und stieg ins Auto.

Tessa sah ihn sekundenlang entsetzt an und stieg dann ebenfalls ein. „Wenn dir so viel daran liegt, dann bauen wir halt hier", sagte sie leise.

Tom lächelte jetzt und gab ihr einen Kuss. „Ich wusste doch, dass du vernünftig wirst."

Tessa schnallte sich an und schwieg wortlos. In ihr grollte es. Die ganze Sache passte ihr überhaupt nicht, und plötzlich war selbst die Freude an dem Ball im Kongress Palais wie weggeblasen.

\*\*\*

Sie marterte sich den ganzen Nachmittag das Hirn, wie sie es schaffen könnte, Tom noch umzustimmen.

Doch ihr fiel nichts dazu ein, denn ein anderes Grundstück mit der gleich guten Lage gab es momentan nicht. Lag es an ihr? War sie zu empfindlich? Die Lage war wirklich gut, denn es war eine schöne, gepflegte Straße, mit Bäumen und hübschen Vorgärten. Sie konnte Tom sogar verstehen. Er sparte die Grundstückskosten und war in der Nähe seiner Eltern. Tessa seufzte. Alles lief im Moment schief, selbst das von Tom so gepriesene Grundstück entpuppte sich in Tessas Augen als ein Fehler.

Tom schien allerdings bester Laune, denn er hatte sich ganz gegen seine Gewohnheiten am Kochen beteiligt und das Gemüse geschnippelt, während Tessa die Schnitzel briet.

Am Nachmittag berichtete Tessa ihm von dem Workshop und sie diskutierten über die unterschiedlichen Bauvorhaben, die in dem Workshop behandelt worden waren. Sie unterhielten sich gut und Tom war liebevoll und aufmerksam. Trotzdem hatte Tessa das Gefühl, dass ihre einwöchige Abwesenheit ihre Liebe nicht vermehrt, sondern eher noch abgekühlt hatte. Warum das so war, konnte sie selbst nicht erklären.

\*\*\*

Es war neunzehn Uhr als Tessa ihr Haar hochgesteckt hatte und in ihr blaues, langes Kleid schlüpfte. Tom hatte recht, es sah einfach toll aus und saß perfekt. Just als sie das Jäckchen überzog, kam er herein und pfiff anerkennend durch die Zähne.

„Mein Ballprinzessin." Er fasste ihren Arm, wirbelte sie im Kreis herum und küsste sie auf die Schulter. „Komm, wir müssen los. Das Taxi wartet."

Er legte ihr den langen Mantel um und ging mit großen Schritten voraus. Tessa trippelte mit ihren hohen Schuhen hinterher. Zu diesem Kleid hatte sie sich extra schlichte Pumps mit Zehn-Zentimeter-Absätzen gekauft, die genau zur Farbe des Kleides passten, für zu große Schritte allerdings nicht optimal waren.

***

Das Kongress Palais präsentierte sich gewohnt nobel und als Tessa an Toms Arm zum Saal schritt, kam endlich so etwas wie Freude in ihr auf. Die Tische waren mit weihnachtlichen Kerzengestecken geschmückt, die aus Tannenzweigen mit silbernen und weißen Kugeln und einer Kerze in der Mitte bestanden. Sie waren schon gedeckt und auf allen standen silberne Sektkühler, die gerade von den Kellnern bestückt wurden. Von der Decke hingen in langen Reihen Lichterketten, die wie ein Sternenhimmel leuchteten und dem großen Tannenbaum neben der Tanzfläche fast die Show stahlen. An die Tanzfläche schloss sich eine langgezogene Theke an. Dort konnten sich die Gäste nach den Tänzen erfrischen und beim Barkeeper bunte Cocktails ordern. Auf der Bühne gegenüber war gerade eine Fünf-Mann-Kapelle mit einer Sängerin als sechste Person dabei, die Mikrophone anzupassen.

Während sie am Eingang standen und Tessa sich umsah, hob sich ihre Laune merklich. Die ganze Zeit hatte sie sich über das Grundstück geärgert. Noch immer kam sie nicht darüber hinweg, dass Tom sie bei der Suche einfach übergangen hatte, denn er wusste schon seit einem Jahr von den Plänen. Früher hatten sie immer alles miteinander besprochen, aber in letzter Zeit entschied er immer öfter über ihren Kopf hinweg, und präsentierte ihr dann die Fakten. In der ersten Zeit ihrer Beziehung hatte Tom das nie gemacht, oder war es ihr einfach nicht aufgefallen?

Noch während Tessa die tolle Dekoration bewunderte, steuerte Tom zielsicher auf ein bekanntes Paar zu und sagte: „Marga und Arne sind schon da."

Mit Hallo wurden sie von den beiden empfangen und Tessa war schnell in eine intensive Unterhaltung mit Marga vertieft, die ebenfalls Innenarchitektin war. Tessa berichtete ihr von ihrem Workshop in Bielefeld.

Marga hörte interessiert zu und sagte plötzlich: „Professor Vorderbaum? Er soll total gut sein. Er wurde extra eingeladen, heute den Einführungsvortrag zu halten."

„Ach, davon weiß ich ja gar nichts." Tessa sah sie erstaunt an und ihr Herz pochte plötzlich heftig, ohne dass sie genau wusste, ob sie sich freuen sollte oder nicht.

„Er soll sehr jung sein und ausgesprochen gut aussehen", plapperte Marga weiter und fragte leise: „Ist er wirklich so sexy, wie überall erzählt wird?"

„Wer ist sexy?", erkundigte sich Tom grinsend. Er hatte ihnen die ganze Zeit den Rücken zugekehrt und sich mit Arne unterhalten.

„Professor Vorderbaum", verkündete Marga lachend. „Er stellt euch Männer alle in den Schatten, zumindest wird das erzählt. Er soll bei den Damen sehr beliebt sein."

„Davon hast du mir ja gar nichts gesagt, Tessa", rügte Tom foppend.

Tessa senkte den Kopf, denn sie spürte, wie die Röte ihr ins Gesicht stieg.

„Tessa hat es wahrscheinlich gar nicht gemerkt, weil sie nur an dich gedacht hat, Tom", witzelte Marga.

Tessa hatte sich wieder gefangen. „Er sieht ganz gut aus", erklärte sie lapidar und griff hastig nach einem Glas Sekt, das gerade von einer Bedienung gereicht wurde.

„Dann müssen wir Männer uns ja anstrengen heute", erklärte Arne lachend. „Sonst stürzt ihr euch alle auf den Professor."

Tessa wollte gerade etwas sagen, als sie hinten im Saal plötzlich einen allzu bekannten Bartträger in weiblicher Begleitung wahrnahm.

Ben sah hervorragend aus in seinem dunkelblauen Anzug mit passender Fliege und seine Begleitung war eine absolute Schönheit, mit dunklen Haaren und schlanker Figur. Ihre Beine steckten in hellgrünen Heels und wurden von einem Traum in Dreiviertel-länge und zartgrünem Chiffon umspielt. Das Kleid hatte ein enganliegendes, mit Pailletten besetztes Ober-teil mit herzförmigem Ausschnitt, der durch eine schlichte, goldene Kette ergänzt wurde.

Tessa schluckte, denn Ben und seine Begleitung ka-men direkt auf sie zu. Ihr blieb aber auch nichts erspart! Warum musste die Frau an seiner Seite bloß so schön sein? Tessas Mund war plötzlich ganz trocken und sie spürte zu ihrem eigenen Erstaunen Eifersucht in sich aufsteigen.

Energisch zwang sie sich zur Ruhe und sagte: „Ihr könnt euch gleich selbst ein Bild machen. Er kommt auf uns zu."

Marga stieß sie leicht an. „Der Mann mit der Frau in Grün?"

Tessa nickte. „Genau der."

„Wow, seine Begleitung sieht super aus", sagte Tom und setzte grinsend hinzu: „Wie ihr seht, Mädels, er ist schon vergeben. Da müsst ihr weiter mit uns vorlieb nehmen."

„Er sieht echt klasse aus", schwärmte Marga. „Wäre ich doch nur mit dir zu diesem Workshop gefahren."

„Hört, hört", sagte Arne und drohte Marga schelmisch mit dem Finger.

Tessa sah zu Boden, als müsse sie prüfen, ob ihre Schuhe noch sauber waren, und hoffte dabei inständig, dass es reiner Zufall war, dass Ben genau auf sie zusteuerte. Pech gehabt.

Tessa drehte sich schnell zur anderen Seite und tat, als würde sie in der Menge jemanden suchen, als urplötzlich Bens Stimme hinter ihr erklang: „Frau Mattis, schön dass wir uns hier treffen. Sind Sie gut heimgekommen?"

Tessa wirbelte herum. „Hallo, B... Herr Professor." Verdammt, jetzt hatte sie auch noch seinen Nachnamen vergessen. Tessa wurde rot.

Ob Tom ihre Unsicherheit bemerkt hatte? Wahrscheinlich, denn er legte ihr besitzergreifend den Arm um und sagte: „Wir sind schon alle ganz gespannt auf ihre Rede, Professor Vorderbaum."

Ben winkte ab. „Die wird ganz kurz. Schließlich wollen wir feiern."

„Genau", stimmte Arne zu und fragte gleich darauf: „Wo haben Sie denn ihre hübsche Begleitung gelassen, Herr Professor?"

Ben grinste und sah sich um. „Da drüben." Er zeigte auf eine Gruppe von jungen Männern, aus der die Dame in Grün herausstach wie ein Papagei aus einer Schar Pinguine. „Sie hat schon Bekannte entdeckt."

„So eine hübsche Frau sollte man nie aus den Augen lassen", sagte Tom und zog Tessa noch ein wenig enger an sich.

„Womit ich Ihnen vollkommen recht geben muss", antwortete Ben mit ernstem Gesicht und sah dabei nicht Tom sondern Tessa an. Dann holte er tief Luft und murmelte: „Sie entschuldigen mich?!" Er drehte sich auf dem Absatz um, ging geradewegs auf einen anderen Gast zu und verschwand mit ihm in der Menge.

„Der hat es aber eilig", sagte Marga. „Es scheint ihn ganz schön zu ärgern, dass seine Freundin sofort in einem ganzen Schwarm von Verehrern untergetaucht ist."

„Woher weißt du, dass es seine Freundin ist?", fragte Arne. „Vielleicht ist sie nur gemeinsam mit ihm hereingekommen."

„Möglich", sagte Marga nur und wandte sich an Tessa: „Hast du bei deinem Workshop gehört, ob er in festen Händen ist?"

„Über solche Sachen haben wir doch beim Workshop nicht gesprochen", antwortete Tessa, die endlich ihre Fassung wiedergefunden hatte. „Zudem hat der

Professor nur einmal einen Vortrag gehalten. Danach habe ich ihn nicht mehr gesehen."

„Dann ist es ja doch gut, dass ich nicht da war", sagte Marga abschließend und sie suchten sich ihre Plätze, denn gleich darauf begann das Programm.

\*\*\*

Es war schon fast Mitternacht, als Tessa erhitzt vom Tanzen zu Toilette eilte, wo sie zufällig auf die Frau im grünen Kleid traf. Sie hatte auch ein paar Mal mit Ben getanzt, aber die meiste Zeit hatte er an der Bar gestanden und dem bunten Treiben zugeschaut.

„Endlich treffe ich Sie allein", sprach die Unbekannte Tessa an, als sie beide am Waschbecken standen und sich die Lippen nachzogen. „Nur Ihretwegen hat Ben zugesagt, heute Abend die Rede zu halten."

Tessa rutschte der Stift ab. Sie malte sich einen roten Strich über die Wange und starrte die Frau an. „Mist!", rutschte es ihr heraus. Sie wischte mit einem Papiertaschentuch das Malheur ab und schüttelte unmutig den Kopf. „Wegen mir?"

„Mein Bruder wollte sie unbedingt wiedersehen", sagte die Frau und hielt ihr die Hand hin. „Ich bin Anna Vorderbaum. Bens jüngere Schwester."

Tessas Hände zitterten plötzlich und der rote Strich wurde breiter. „Geben sie mal her", sagte Anna energisch. „Ich mach das." Mit geschickten Bewegungen wischte sie den Lippenstift ab. „So, jetzt ist es wieder okay", sagte sie und fuhr fort: „Ben würde sich bestimmt freuen, wenn Sie mit ihm tanzen."

Tessa wühlte wortlos in ihrer Handtasche, holte die Puderdose heraus, erneuerte hastig das komplette Make-up und wollte den Waschraum verlassen.

Anna Vorderbaum hielt sie am Arm sanft zurück. „Bitte verraten Sie mich nicht."

Tessas Brauen schnellten hoch und sie schüttelte die Hand ab wie ein lästiges Insekt. Was bildete sich diese Person eigentlich ein? Sie hatte doch gesehen, dass Tom bei ihr war. Als sie den Saal betrat, glitt Tessas Blick zur Theke hinüber. Wie von selbst setzten sich ihre Beine in Bewegung und steuerten direkt darauf zu, wo Ben lässig auf einem Hocker saß und den Tanzenden zusah. Tessa tat, als würde sie sich nach Tom umsehen, als sie sich neben Ben stellte.

„Suchen Sie einen Tanzpartner, Tessa?" Ben erhob sich von seinem Hocker und lächelte sie an.

Die Erde schien sich plötzlich zu drehen. Tessas Herz klopfte heftig gegen ihre Rippen und die Röte schoss ihr ins Gesicht.

„Ich suche Tom", stotterte sie. Warum fehlten ihr in seiner Gegenwart immer die Worte? Er brachte es im Handumdrehen fertig, dass sie sich wie ein Schulmädchen vorkam.

Ben verbeugte sich leicht. „Es wird gerade Walzer gespielt, einer der wenigen Tänze, die ich beherrsche. Machen Sie mir die Freude?"

Tessa nickte. Ihr Täschchen baumelte an ihrem Arm.

Ben nahm es ihr ab und sagte: „Der Barkeeper passt sicher darauf auf." Er wechselte ein paar Wort mit dem Mann hinter Theke, legte Tessa den Arm um und zog sie auf die Tanzfläche.

Sie spürte seine Nähe, seine Wärme, und fühlte sich plötzlich so wohl, wie den ganzen Abend noch nicht. Sie gab sich ganz dem Tanz hin und die Anspannung des Abends fiel komplett von ihr ab.

„Sie tanzen wie eine Feder", sagte Ben.

Tessa lächelte. „Wenn jemand so gut führt wie Sie, ist das nicht schwer."

Ben blickte sie an und sie verlor sich in seinen dunklen Augen, in denen die Lichter des Saals funkelten wie die Sterne eines Feuerwerks an einem wolkenverhangenen Nachthimmel.

Die Musik endete und Tessa tauchte völlig überrascht aus einem wunderbaren Traum auf.

Ben führte sie zielsicher zur Bar, wo der Barkeeper schon zwei Sektgläser für sie bereithielt und Tessa ihre Tasche zurückgab.

„Danke für den schönen Tanz", sagte Ben.

Die Gläser klangen sanft aneinander und Tessa schlug die Augen nieder, denn Ben musterte sie so eindringlich, dass ihr schon wieder schwindlig wurde.

„Ich glaube, ich habe schon genug getrunken", sagte sie leise und setzte das Glas nach einem kleinen Schluck ab.

Ben wollte gerade antworten, als plötzlich Toms Stimme erklang: „Hier bist du, Tessa. Ich hab dich schon gesucht."

„Frau Mattis war so freundlich, mit mir zu tanzen", sagte Ben.

„Wie schön, dass Sie sich hier so wohl fühlen, Herr Professor", antwortete Tom spöttisch, aber Tessa sah ihm an, dass er nicht begeistert war. „Ihre Begleitung ist übrigens da drüben." Tom zeigte zu Ben's Schwester, die gerade an ihnen vorbeitanzte, und zog Tessa am Arm mit sich.

„Du bist ja ganz hingerissen von dem Professor, so wie du dich ihm vor allen Leuten an den Hals wirfst?", knurrte er, als sie außer Hörweite von Ben waren.

„Ich hab doch nur mit ihm getanzt", verteidigte sich Tessa.

„Getanzt! Dass ist nicht lache." Tom grinste spöttisch. „Du warst ja völlig weggetreten. Entweder du bist so betrunken, dass du selbst nicht weißt, was du tust, oder du bist scharf auf ihn. Alle meine Bekannten haben mich schon darauf angesprochen."

Er umklammerte ihren Arm und zog sie mit sich.

Tessa riss sich empört los. „Du spinnst doch", fauchte sie.

Tom schob sie auf die Tanzfläche. „Komm, wir Tanzen."

Sie drehten ein paar Runden, aber die Harmonie war dahin.

„Ich hab jetzt keine Lust", sagte Tessa. „Lass uns zum Tisch gehen."

„Ach, vorhin hattest du stundenlang Zeit, dich mit diesem Schürzenjäger im Kreis zu drehen!", antwortete Tom giftig und blieb mitten auf der Tanzfläche stehen.

„Komm jetzt, die Leute sehen schon zu uns hin", sagte Tessa und ging entschlossen davon. Als sie sich wartend umdrehte, sah sie, dass Tom zur anderen Seite gegangen war.

Seufzend steuerte Tessa ihren Tisch an und wurde von Marga begeistert empfangen. „Du hast mit dem Prof getanzt. Wie ich dich beneide", sagte sie. „Ihr seid regelrecht übers Parkett geschwebt. Alle haben einen Kreis um euch gebildet."

Tessa schluckte. „Echt, davon hab ich gar nichts gemerkt", sagte sie. „Deshalb war Tom so verärgert."

„Dass er so eifersüchtig ist, wusste ich gar nicht", sagte Marga. „Aber er ist gleich nach eurem Tanz zur Bar gestürmt und hat dich geholt."

„Tom ist voll sauer, dabei kann ich doch nicht einfach Nein sagen, wenn der Professor mich zum Tanz auffordert", sagte Tessa. „Er ist schließlich einer der Ehrengäste."

„Ich hätte auch mit ihm getanzt", sagte Marga und tröstete sie: „Wenn Tom so reagiert, weißt du wenigstens, dass er dich noch liebt."

Tessa nickte abwesend, goss sich aus der Karaffe, die mitten auf dem Tisch stand, frisches Wasser ein und leerte ihr Glas in einem Zug.

Sie musste unbedingt einen klaren Kopf bekommen. Der Tanz mit Ben hatte ihre Gefühlswelt mächtig durcheinander gebracht. Ben tanzte gut, zu gut, aber sie war nicht in ihn verliebt. Nein. Sie liebte Tom.

Immer wieder, wie ein Mantra, wiederholte sie den letzten Satz im Kopf. Doch plötzlich tanzte Ben ganz nah an ihrem Tisch vorbei. Er hatte seine Schwester im Arm und sah zu ihr hinüber. Tessa stockte der Atem. Sekunden später waren die beiden schon an ihnen vorbei.

„Hey, der ist ja richtig auf dich fixiert", sagte Marga überrascht. „Wie er dich angesehen hat. Als würde er dich mit den Augen ausziehen."

„Marga, was fällt dir ein!"

Marga lachte. „Du bist ganz rot geworden", sagte sie, beugte sich vor und flüsterte: „Irgendwas ist auf diesem Workshop passiert, da bin ich ganz sicher."

Tom und Arne kamen zurück.

„Was habt ihr denn für Geheimnisse", fragte Arne und sah Marga durchdringend an.

„Nichts, wir haben uns nur über Professor Vorderbaum unterhalten", sagte Marga und grinste frech. „Er hat Tessa taxiert, als wäre sie die einzige Eva hier im ganzen Saal."

„Marga!" Tessa schüttelte tadelnd den Kopf.

„Stimmt doch!" Marga zuckte unschuldig die Schultern. „Dabei hat er eine so tolle Frau bei sich, dass er eigentlich genug zu gucken hätte."

„Sollte man meinen", sagte Tom trocken. „Kein Wunder, so wie Tessa sich beim Tanzen an ihn rangeschmissen hat."

Tessa stand so hastig auf, das ihr Stuhl krachend nach hinten kippte. „Es reicht, Tom!", fauchte sie leise. „Ich habe nur mit ihm getanzt, sonst nichts. Wenn dir das nicht passt, dann such dir eine andere!" Sie schnappte ihre Tasche und hastete zur Toilette davon.

In ihrem Rücken hörte sie schwach die ratlose Stimme von Marga. „Was ist denn los?"

Minutenlang schloss Tessa sich auf der Toilette ein und wischte die Tränen ab, die ihr in die Augen traten. Was war nur mit Tom los? Er war nie eifersüchtig gewesen. Hatte sie es nicht gemerkt oder war es bei ihm einfach verletzte Eitelkeit? Tessa verließ die Kabine und wäre im Waschraum fast mit Marga zusammengestoßen.

„Hier bist du", sagte sie und fuhr fort: „Warum hat sich Tom denn so aufgeregt?"

„Warum?" Tessa zuckte die Schultern. „Er war sauer, dass ich mit Professor Vorderbaum getanzt habe."

„Warum hast du es eigentlich getan?"

„Er hat mich aufgefordert, das sagte ich doch bereits", erklärte Tessa verärgert. „Schließlich kann ich selbst entscheiden, mit wem ich tanze. Wenn Tom das nicht passt, dann hat er eben Pech gehabt."

„Ihr wart ein perfektes Tanzpaar", sagte Marga plötzlich. „Ich bin gespannt, was seine Freundin dazu sagt."

„Gar nichts, sie ist seine Schwester", sagte Tessa, drehte sich um und verließ die Toilette mit dem sicheren Gefühl, nun erst recht für einen Streit mit Tom gesorgt zu haben. Denn Marga würde diese Neuigkeit keine zehn Minuten für sich behalten.

# 8. Kapitel

Es war kurz nach drei, als das Taxi vor ihrer Wohnung hielt. Tom hatte Tessa vor dem Eingang zur Toilette abgepasst und war gleich mit ihr nach Hause gefahren. Während der Fahrt herrschte eisiges Schweigen. Tessa überlegte intensiv, wie sie die verfahrene Situation noch retten konnte, aber gleich als sie die Wohnung betraten, verschwand Tom wortlos im Bad und drehte demonstrativ den Schlüssel um. Seufzend zog Tessa ihren Schalfanzug an und legte sich ins Bett.

Tom kam kurz darauf ebenfalls ins Schlafzimmer und warf seinen Anzug in die Ecke. „Dass du mich so brüskierst, hätte ich nie erwartet!", giftete er.

„Tom, nun mach aber mal ‘nen Punkt", entrüstete sich Tessa. „Ich habe mit dem Professor getanzt und du benimmst dich, als hätt ich mit ihm geschlafen!"

„Das war doch das Gleiche", entgegnete Tom wütend. „Jeder hat doch gesehen, wie du dich ihm an den Hals geworfen hast, und das vor all meinen Bekannten."

„Du bist ja verrückt", rief Tessa und sprang auf. „Leg dich ins Bett und schlaf deinen Rausch aus! Du musst völlig betrunken sein, denn anders kann ich mir deine Anschuldigungen nicht erklären." Sie hastete ins Bad und verschloss nun ihrerseits die Tür.

Gleich darauf rappelte es daran. „Tessa, komm sofort raus, ich will mit dir reden."

Tessa reagierte nicht, sondern wusch sich das Gesicht mit kaltem Wasser und wartete ab, bis es still war. Dann ging sie zurück ins Schlafzimmer.

Tom lag im Bett. Die Hände unter dem Kopf verschränkt. „Hast du mit ihm geschlafen? In Bielefeld. Wart ihr da zusammen?"

„Nein. Wie oft soll ich das noch sagen", sagte Tessa und versuchte ihre Stimme beruhigend klingen zu lassen. „Tom, bitte lass uns morgen weiterreden. Wir sind beide müde."

Tom rutschte zu ihr hinüber und wollte sie an sich ziehen. „Lass das, Tom, bitte."

Tom rollte zurück und fragte: „Wenn es nicht der Professor ist, wer ist es dann?"

„Rutsch mir den Buckel runter mit deinen unmöglichen Anschuldigungen", fauchte Tessa, die nun endgültig die Nerven verlor. „Ich schlaf auf dem Sofa." Sie schnappte sich ihre Bettdecke und verließ das Zimmer.

***

Es hatte geschneit und sie fuhr auf Skiern den Hügel hinunter direkt in Bens Arme. Er wirbelte sie herum und küsste sie. Eine dunkle Wolke legte sich über den Himmel. Tessa schrak auf.

„Tom." Sie holte tief Luft. „Hast du mich erschreckt." Tessa fuhr aus dem Sofa hoch und schlagartig fiel ihr der vergangene Abend ein.

„Tessa ich, ich wollte mich entschuldigen, ich hab mich total danebenen benommen gestern Abend." Tom setzte sich neben Tessa und seufzte. „Als ich dich mit diesem Typen tanzen sah, da, da ...!" Er holte tief Luft. „Jeder von unseren Bekannten hat es gesehen. Ich bin mehrfach darauf angesprochen worden. Warum hast du das gemacht? Wolltest du mir zeigen, dass du jeden kriegen kannst?"

Tessa umarmte ihn. „Ich habe dich gesucht und bin an der Bar vorbeigekommen, da hat Professor Vorderbaum mich gefragt, ob ich mit ihm tanzen würde."

„Und in Bielefeld ist nichts passiert?"

„Nein. Aber ich bin im Sauerland von der Straße abgekommen", begann Tessa, denn sie hatte sich vorgenommen, Tom nun doch davon zu berichten, dass sie den Professor bereits auf dem Bauernhof kennengelernt hatte.

Tom winkte gleich ab. „Das kann doch jedem passieren, wenn es spiegelglatt ist. Die kleine Delle an deinem Auto kostet doch nicht viel."

„Trotzdem möchte ich es dir erzählen", sagte Tessa. „Der Bauer, der mich gerettet hat, war ..." Wieder wurde sie von Tom unterbrochen.

„Wir können dem Mann Geld überweisen, schließlich hat er dich aus dem Auto geholt und drei Tage untergebracht", sagte Tom. „Hatten die Leute eine große Familie?"

„Das ist es doch, Tom. Der Bauer war Professor Vorderbaum", sagte Tessa.

„Was? Der Professor hat dich aus dem Schnee geholt? Und das erfahre ich erst jetzt?" Tom sprang auf und schlug sich vor den Kopf. „Deshalb bist du drei Tage dageblieben. Ihr hattet schöne Tage und ich Trottel hab mir Sorgen gemacht!"

„So war es doch gar nicht, Tom", rief Tessa. „Ich hab doch nicht gewusst, dass es der Professor ...!"

„Halt die Klappe! Ich will nichts mehr hören!", schrie Tom, dann rang er die Hände. „Ich fass es nicht! Was bist du doch für ein durchtriebenes Miststück." Er lief hinaus und knallte die Tür zu.

„Tom!" Entsetzt sah Tessa ihm nach.

Soviel zur Ehrlichkeit! Warum nur musste sie Tom erzählen, dass der Bauernhof Ben gehört? Sie hätte sich ohrfeigen können!

Tessa zog sich an, packte alles in den Koffer, was hineinging und brachte es ins Auto. Als sie das Auto startete, liefen ihr die Tränen übers Gesicht. Dieser Blödmann hatte sie nicht einmal ausreden lassen! Wütend krampfte sie ihre Finger um das Lenkrad und wischte sich immer wieder durchs Gesicht, um den Tränenstrom zu stoppen, vergeblich.

Langsam fuhr Tessa ans andere Ende der Stadt zu ihren Eltern. Ihre Mutter öffnete die Tür. „Was ist denn mit dir los?"

Tessa fiel ihr schluchzend um den Hals und sagte: „Wir haben uns gestritten. Kann ich ein paar Tage bei euch bleiben?"

Ihre Mutter warf einen Blick auf den Koffer und sagte nur: „Komm erst mal herein und frühstücke. Alles andere findet sich schon."

\*\*\*

Eine Stunde später saß Tessa nachdenklich in ihrem alten Lehnsessel mit dem Herzchenbezug. Ihre Eltern waren zum Glück sehr verständnisvoll gewesen und hatten keine Fragen gestellt.

Tessa überlegte, wie es nun weitergehen sollte. Keinesfalls würde sie bei Tom zu Kreuze kriechen. Doch sie stellte fest, dass alles Grübeln keinen Zweck hatte. Sie musste erst zur Ruhe kommen und dazu brauchte sie dringend frische Luft.

Obwohl es draußen leicht regnete, schlüpfte sie in ihren Laufdress, fuhr mit dem Auto zum Bergpark Wilhelmshöhe und lief los.

Über einen Stunde war sie schon unterwegs und ganz langsam fiel der Stress von ihr ab. An einer Bank machte sie einen kurzen Stopp und blickte auf ihr Handy. Keine Nachricht von Tom. Keine Entschuldigung zu seinem Wutausbruch. Na, dann eben nicht.

Enttäuscht steckte sie das Handy wieder ein und lief weiter. Ein einsamer Jogger kam ihr entgegen.

„Hallo", sagte der Jogger und versperrte ihr den Weg. „So allein, Frau Mattis?"

Tessa schrak zusammen. „Ben! Sie sind noch da?" Na toll, das klang wirklich hervorragend! „Ich meine ..." Tessa suchte nach Worten, doch Ben lächelte und sagte: „Ich habe mal eine Zeitlang hier in Kassel gewohnt. Da hat man allerhand Bekannte. Aber leider wollte niemand mit mir laufen. Ich brauchte das heute einfach."

Tessa lachte befreit auf. „Ich auch."

Sie liefen langsam nebeneinander her und ihr Herz kam merkwürdigerweise zur Ruhe, obwohl er doch der Grund ihres Ärgers war.

Ben lief Richtung Parkplatz. „Für mich reicht es jetzt. Wie lange sind Sie schon unterwegs?"

„Über eine Stunde."

Ben stoppte mitten auf dem Weg. „Dann sind wir fast zur selben Zeit losgelaufen." Er sah sie für einen Moment nachdenklich an. „Tessa. Ich darf Sie doch noch so nennen, jetzt wo wir allein sind, oder?"

Tessa ahnte, dass er auf den Ball und Toms verärgertes Gesicht anspielte. „Gerne, Ben", sagte sie und ihr Herz machte einen kleinen Hüpfer.

„Gestern hatte ich das Gefühl, dass es Ihnen nicht recht war", sagte Ben und lief ganz langsam weiter.

Tessa war froh, dass sie vom Regen und vom Laufen ohnehin einen roten Kopf hatte, denn die Röte, die ihr plötzlich ins Gesicht stieg, musste er nicht sehen. „Nein, das heißt …" Verdammt, jetzt geriet sie schon wieder ins Stottern.

„Sie müssen mir nichts erzählen, ich habe es Ihrem Freund angesehen, dass er nicht gerade erfreut war, dass ich Sie in Beschlag genommen habe."

Tessa antwortete nichts darauf und Ben schwieg jetzt auch.

Der Parkplatz war schon in Sichtweite. Tessa sah, dass er sein Auto direkt neben ihrem geparkt hatte.

Wie die beiden Autos da nebeneinander standen, suggerierten sie eine Intimität, die es gar nicht gab. Oder war da doch mehr? Tessa wusste es nicht und wollte auch nicht darüber nachdenken.

An seinem Auto blieb Ben stehen. Er war nass vom Regen und das Wasser ließ seine dunklen Haare schimmern wie Pech. Sein Atem ging stoßweise und trotzdem sah er noch immer total gut aus in dem schwarzen Laufdress mit den grünen Streifen an den Armen und Beinen.

Er zeigte auf die beiden Autos und grinste. „Sieht aus, als hätten wir uns verabredet. Wahrscheinlich ist niemand so verrückt, bei diesem Regen zu laufen – außer uns natürlich."

Tessa lachte. „Ja, aber es macht irre Spaß."

„Da haben wir wohl etwas gemeinsam", sagte Ben und fuhr mit der Hand über seinen kurzen Bart, in dem die Regentropfen hingen wie kleine Perlen, die auf ein Oberteil gestickt waren.

Tessa lächelte verlegen, denn sie wusste einfach nicht, was sie sagen sollte.

Ben holte ein Handtuch aus dem Kofferraum und hängte es sich um. „Vielleicht sehen wir uns ja mal wieder", sagte er und öffnete die Fahrertür.

Tessa nickte nur, stieg ein und ließ das Auto langsam vom Parkplatz rollen. Im Rückspiegel sah sie, dass Ben noch immer in der geöffneten Tür stand und ihr nachsah.

\*\*\*

Als sie zu ihrem Elternhaus zurückkam, stand Toms Auto vor der Tür. Tessa holte tief Luft und wappnete sich. Sie hörte im Wohnzimmer die Stimmen von ihren Eltern, die sich mit Tom unterhielten. So wie sie war, nass und verschwitzt, öffnete sie die Tür und sagte, als wäre nichts gewesen: „Hallo Tom, ich muss mich erst duschen."

Ihre Mutter schüttelte leicht empört den Kopf und ihr Vater setzte gerade zu einer Antwort an, als Tom ihm zuvorkam.

Er sprang auf und sagte: „Ich komme mit."

Tessa sah gerade noch, wie ihre Eltern etwas ratlos hinter ihnen hersahen, als Tom schon die Tür schloss und flüsterte: „Es tut mir leid."

Tessa nickte und antwortete: „Mir auch." Sie zog ihn an der Hand die Treppe hinauf zu ihrem ehemaligen Kinderzimmer und sagte. „Warte hier, ich beeil mich."

Tessa verschwand im Bad und kam in nur zehn Minuten im Bademantel zurück, ein Handtuch um die nassen Haare geschlungen.

Tom saß in dem alten Sessel mit Herzchenbezug und betrachtete, wie Tessa ihr Haar trocknete. „Was ist auf diesem Bauernhof passiert, Tessa?", fragte er plötzlich.

Tessa starrte ihn an. „Nichts. Vorderbaum hat mich aus dem Auto gezogen und mit in sein Haus genommen. Genaugenommen ist das, was er da bewohnt, eine Baustelle", sagte sie. „Außer dem Wohnzimmer und der Küche ist nur das Bad fertig."

„Und wo habt ihr geschlafen?", stellte Tom nun die Frage, die ihm wohl am meisten auf der Seele brannte, und gab gleich darauf selbst die Antwort: „Wahrscheinlich auf dem Sofa im Wohnzimmer."

„Tom, fang nicht schon wieder an." Tessa seufzte. „Wo er geschlafen hat, weiß ich nicht. Neben dem Wohnzimmer gab es noch ein kleines Zimmer mit einem Alkoven, da habe ich geschlafen", sagte Tessa und fügte hinzu: „Ich hatte die Tür abgeschlossen, wenn dich das beruhigt."

„Das soll ich glauben", sagte Tom aufgewühlt. „So einträchtig wie ihr getanzt habt, ist das eine glatte Lüge."

„Eben hast du noch gesagt, dass es dir leid tut", stöhnte Tessa. „Wenn du schon wieder streiten willst, warum bist du dann eigentlich gekommen?"

Tessa war aufgewühlt und rubbelte an ihrem Haar herum, als hänge ihr Leben davon ab.

Tom zuckte wortlos die Schultern und spielte nervös mit seinen Fingern. Für einige Minuten breitete sich Schweigen aus.

„Wenn du meinst, dass dein Techtelmechtel bei mir zu außergewöhnlichen Liebesschwüren führt, hast du dich geschnitten", sagte er plötzlich. „Es gibt auch Alternativen."

Tessa setzte sich aufs Bett und sah ihn entsetzt an. „Was soll das denn heißen?"

Tom grinste spöttisch und stand auf. „Das kannst du dir doch denken. Oder glaubst du wirklich, ich lasse mir deine Eskapaden noch lange gefallen?" Er machte eine kurze Pause und setzte hinzu: „Du kannst die Wohnung behalten. Ich ziehe vorerst zu meinen Eltern." Er nahm seinen Schlüsselbund, machte den Wohnungsschlüssel ab und warf ihn ihr zu.

„Wenn du mir so wenig vertraust, ist es wohl das Beste", sagte Tessa traurig.

Tom warf ihr einen verärgerten Blick zu und verließ ohne ein weiteres Wort das Zimmer.

Als sie unten den Motor seines Autos hörte, warf sich Tessa aufs Bett und schluchzte. Es dauerte eine ganze Weile, bis sie sich beruhigt hatte. Sie packte all ihre Sachen wieder in den Koffer, verabschiedete sich von ihren Eltern und fuhr in ihre Wohnung zurück.

\*\*\*

Zu ihrer Überraschung hatte Tom bereits alle seine Sachen mitgenommen. Der Kleiderschrank war leer, im Bad waren seine Sachen verschwunden und sein

Schreibtisch und der Computer waren ebenfalls schon weg.

Also hatte er alles schon vorab geplant und nur so getan, als wollte er sich mit ihr versöhnen. So ein Arschloch.

Bei seinen Eltern hatte er es wahrscheinlich so dargestellt, dass sie ihn betrogen hatte. Wer hier wohl hinterlistig war? Eine maßlose Wut erfasste Tessa. So eine niederträchtige Gemeinheit! Dabei hatte sie seit Wochen versucht, ihre Beziehung zu retten.

Tom hatte, bevor sie zusammengezogen waren, bei seinen Eltern im Obergeschoss eine eigene Zweizimmer-Wohnung mit Bad und Küche gehabt. Seit sie zusammengezogen waren, stand diese Wohnung nun leer. Toms Eltern hatten in letzter Zeit darauf gedrängt, dass sie gemeinsam dort einziehen sollten, um die Miete zu sparen. Tessa war immer dagegen gewesen.

Tessa seufzte und legte sich auf ihr Bett. Wie sollte sie den morgigen Arbeitstag nur hinter sich bringen? Schließlich war sie bei Toms Eltern angestellt. Jeden Tag würde sie Tom über den Weg laufen. Wie entsetzlich. Wie sollte sie das nur durchhalten?

Tessa war total fertig. Der lange Abend im Kongress Palais, der Streit mit Tom und dann auch noch die Angst, Tom bei der Arbeit über den Weg zu laufen. Sie musste unbedingt mit jemanden reden und fuhr zu ihrer Freundin Anke.

***

Tessa wollte klingeln als einer der Bewohner aus der Tür kam. Sie schlüpfte ins Haus, lief die Stufen hoch und klingelte an der Wohnungstür.

Anke öffnete und starrte Tessa an. „Du?"

„Komm ich ungelegen? Hast du Besuch?", fragte Tessa irritiert über den wenig freundlichen Empfang.

„Ich muss gleich weg, Tessa", sagte Anke hastig und holte ihr Handy aus der Tasche. „Moment." Sie schloss die Tür.

Tessa drückte erneut auf die Klingel. „Was ist denn los, warum schließt du die Tür vor mir?", fragte sie mehr erstaunt als verärgert.

„Tschuldige Tessa, das war ein Versehen", erklärte Anke leicht erregt, noch immer das Handy in der Hand. „Ich hab heute wirklich keine Zeit."

Tessa zuckte die Schultern. „Dann komm ich morgen wieder."

Nachdenklich ging sie die Treppe hinunter. So komisch hatte sich Anke noch nie benommen. Ob sie sich mit ihrem Freund wieder versöhnt hatte?

Tessa grübelte noch, als sie schon wieder im Auto saß. Langsam fuhr sie davon. Plötzlich stoppte sie. War das nicht Toms Auto? Sie setzte zurück und sah genau nach. Wirklich. Tom war hier irgendwo in der Nähe.

Tessa fuhr weiter und parkte am Straßenrand, dann stieg sie aus und ging ein Stück zurück. Gegenüber von Ankes Wohnung stand ein Bulli, hinter dem sie sich gut verstecken konnte, um die Straße zu überblicken. Sie wollte unbedingt wissen, was Tom hier in der Straße zu suchen hatte.

Ganz in Gedanken sah sie zu Ankes Wohnung hinauf. Ein Paar war jetzt durch die geschlossene Gardine zu sehen. Sie umarmten sich. Also hatte Anke doch Besuch.

Tessa lächelte. Sie gönnte ihrer Freundin von Herzen ein neues Glück.

Tessa stand einige Minuten da und überlegte. Dann entschloss sie sich, spontan wieder wegzufahren, denn plötzlich war es ihr egal, weshalb Toms Auto dort stand. Sie war schon fast bei ihrem Auto, als jemand aus dem Gebäude kam, in dem Ankes Wohnung lag – Tom.

Tessa blieb mitten auf der Straße stehen und starrte zur anderen Seite hinüber. Tom bemerkte sie nicht, sondern ging schnellen Schrittes zu seinem Auto und fuhr davon.

Tessa war so geschockt, dass sie minutenlang schweigend verharrte. Das war also die Alternative, von der Tom gesprochen hatte. Nun wusste sie auch, weshalb Anke sich so merkwürdig benommen hatte. Tom war bei ihr gewesen. Kein Wunder, dass er seine ganzen Sachen abgeholt hatte. Er hatte sich schon getröstet.

Zu ihrer Überraschung war der Schmerz über den Bruch mit Tom nicht halb so groß, wie der Verrat ihrer besten Freundin. Wie konnte Anke ihr das nur antun?

# 9. Kapitel

Trotz allem hatte Tessa gut geschlafen. Doch kaum erwachte sie am Montagmorgen, beschlich sie ein mulmiges Gefühl. Wie sollte sie den Arbeitstag hinter sich bringen? Und wie sollte sie Tom begegnen? Noch schlimmer würde der Kontakt zu seinen Eltern sein, denn sicher wussten sie bereits von ihrem Zerwürfnis.

Tessa machte sich einen Kaffee, legte ganz besonderen Wert auf ihr Aussehen und fuhr als erstes in die Autowerkstatt, um die Beulen von ihrem Schneeunfall reparieren zu lassen.

Glücklicherweise konnte sie gleich mit einem Ersatzauto in die Firma fahren. Als sie den Parkplatz erreichte, sah sie beklommen zu ihrem Büro hinauf. Nach einer Woche Abwesenheit würde sich die Arbeit heute Morgen wahrscheinlich auf ihrem Tisch stapeln, wie sie es schon oft erlebt hatte.

Tessa nahm all ihren Mut zusammen, setzte ein Lächeln auf und lief eilig zu ihrem Büro hinauf. Zu ihrer Überraschung war der Schreibtisch leer. Sie hatte gerade ihren Mantel abgelegt, als das Telefon schrillte und sich Frau Rosser, die Sekretärin des Chefs, meldete und ihr mittelte, dass sie im Hauptbüro erwartet wurde.

„Oh, Gott", stieß Tessa leise hervor und atmete mehrmals tief ein und aus, um ihr wild klopfendes Herz zu beruhigen. Wenn Toms Vater sie jetzt sprechen wollte, war das gewiss kein gutes Zeichen. Denn normalerweise kam er erst gegen zehn Uhr ins Büro und jetzt war es gerade erst neun.

Tessa nahm die Treppe ins obere Geschoss, um sich zu sammeln. Zaghaft klopfte sie an die Tür zum Vorzimmer.

„Der Chef erwartet sie bereits, Frau Mattis", flötete Frau Rosser und sah Tessa prüfend durch ihre große Brille an, die ihr hageres Aussehen unvorteilhaft unterstrich.

„Wahrscheinlich weiß sie längst, was es gleich gibt", dachte Tessa, die die ältliche Frau Rosser mit dem strengen Dutt noch nie hatte leiden können.

Toms Vater, Bernhard Mannsen, saß hinter seinem Schreibtisch und winkte Tessa freundlich zu. „Setz dich, Tessa."

Tessa schluckte. Er benutzte nach wie vor das Du. War das ein gutes oder ein schlechtes Zeichen?

Bernhard Mannsen sah sie offen an und sagte: „Tessa, wir kennen uns nun schon sehr lange. Du hast immer gute Arbeit in unserer Firma geleistet und es war für mich eine große Freude, als Tom mir erklärte, dass er dich als seine Partnerin erwählt hat."

Tessa sah Toms Vater mit großen Augen an. Was sollte denn diese Einführung bedeuten? Tessa spürte eine plötzliche Übelkeit in sich aufsteigen. Am liebsten wäre sie hinausgelaufen, aber diesen Triumph wollte sie weder ihrem Ex-Schwiegervater in spe, noch seiner Sekretärin gönnen, die garantiert mit spitzen Ohren an der Tür lauschte. Sie hielt sekundenlang den Atem an und ballte die Fäuste in ihrem Schoß, um sich zu beruhigen.

Bernhard Mannsen hatte ein Pause gemacht, nun holte er tief Luft und fuhr fort: „Tom hat mich gestern darüber informiert, dass ihr ab sofort getrennte Wege geht. Er kann sich eine Zusammenarbeit in unserer Firma mit dir nicht mehr vorstellen."

„Er will mich rauswerfen?" Tessa hatte es ganz leise gesagt und starrte Herrn Mannsen ungläubig an.

„Ja", bestätigte er ohne Umschweife. „Es tut mir unendlich leid, denn ich habe deine Arbeit immer geschätzt."

„Ich habe einen Vertrag", presste Tessa hervor, noch immer völlig geschockt.

„Tom wünscht, dass wir uns auf einen Aufhebungsvertrag einigen", sagte Herr Mannsen und fügte hinzu: „Wir würden eine großzügige Abfindung zahlen und dir ein gutes Zeugnis ausstellen."

Tessa schüttelte sich und sah zum Fenster hin.

Hatte Tom das schon länger geplant? Wollte er sie einfach loswerden und probierte es auf diese infame Art? Wie konnte Tom nur so gemein sein. Tessa lief es kalt den Rücken hinunter. So ein Arschloch.

„Tessa?" Herr Mannsen holte sie aus ihren Gedanken.

Tessa wandte ihm den Blick wieder zu und fragte entschlossen: „Kann ich mir das überlegen?"

„Ja", sagte Herr Mannsen. „Du bist bis Freitag beurlaubt, dann erwarte ich deine Antwort. Da ich deine Eltern seit Jahren gut kenne und dich habe aufwachsen sehen, wäre mir sehr an einer gütlichen Einigung gelegen."

„Und wenn ich nicht einverstanden bin?", stieß Tessa erregt hervor.

Bernhard Mannsen sah sie durchdringend an. „Dann müsste ich dir eine Kündigung aussprechen." Er beugte sich vor. „Es tut mir sehr leid, Tessa. Ich hätte uns beiden diese Sache gern erspart."

„Mir tut es auch leid, besonders wo Toms Anschuldigungen gegen mich jeglicher Grundlage entbehren und rein privater Natur sind", entgegnete Tessa mit plötzlich aufkommender Schärfe. Mit einem Mal war ihr egal, was Herr Mannsen dachte. „Ich habe mir beruflich nichts zu Schulden kommen lassen, Herr Mannsen. Ich wünsche Ihnen einen angenehmen Tag."

Hocherhobenen Hauptes verließ Tessa das Büro. Sie ging an ihrem Arbeitsplatz vorbei, holte ihre Sachen und verschwand aus dem Gebäude.

\*\*\*

Tessa war jetzt nicht mehr traurig, sondern nur noch wütend. So leicht würde sie Herrn Mannsen und Tom die Sache nicht machen. Darauf konnten sie Gift nehmen! Nie im Leben würde sie freiwillig einer Entlassung zustimmen! Und wenn, dann sollten Mannsen & Brauer bezahlen!

Zum Glück kannte sie eine gute Anwältin, mit der sie gleich telefonierte, als sie wieder zu Hause war.

Die Anwältin Edwina Jorges war eine langjährige Bekannte ihrer Eltern und Tessa bekam schon für den nächsten Tag einen Termin. Tessa war sicher, dass eine Kündigung ihres unbefristeten Arbeitsvertrages gar nicht so einfach möglich war, und war gespannt, was die Anwältin dazu sagen würde.

Nachdem sie den Termin bei Frau Jorges hatte, forschte Tessa im Internet nach einer neuen Stelle. Warum sie plötzlich bei drei Firmen im Sauerland landete, wusste sie selbst nicht. Auf jeden Fall wurden dort massiv Architektinnen gesucht.

Tessa bewarb sich gleich per Mail und hoffte, dass es klappen würde.

Es war schon vierzehn Uhr am Nachmittag, als Tessa alles erledigt hatte. Das Wetter war trocken und nach all dem Ärger am Morgen, wollte sie nur noch raus. Sie dachte an den gestrigen Sonntag.

Der Lauf mit Ben hatte ihr gefallen. Was er wohl machte? Ob es stimmte, dass er extra ihretwegen die Einladung zum Architektenball angenommen hatte? Seine Schwester hatte das behauptet.

Tessa musste lächeln. Nach der anfänglichen Unsicherheit hatte sie sich im Sauerland so wohl gefühlt. Sie war aber nicht verliebt, beileibe nicht! Wahrscheinlich war es das Neue, Unbekannte, das sie gereizt hatte. Es war so anders gewesen. Still und heimelig, mal abgesehen von dem Schneesturm, der da getobt hatte. Und Ben? Tessa stand nicht auf Männer mit Bart, wenn auch das Gefühl beim Küssen durchaus nicht zu verachten gewesen war. Es hatte so angenehm gekitzelt. Verärgert wischte sie die Erinnerung an Ben weg. Sie wollte nicht an ihn denken. Sie durfte nicht an ihn denken.

Wie am Tag zuvor fuhr sie zur Wilhelmshöhe hinauf. Als sie auf dem Parkplatz ankam, standen dort bereits mehrere Autos, obwohl es Montagnachmittag und erst fünfzehn Uhr war. Zu ihrer Überraschung war auch ein dunkles Auto dabei, das das Kennzeichen des Hochsauerlandes trug.

Bens Auto hatte genau so ausgesehen. Sie ignorierte ihr plötzliches Herzklopfen und lief los. Sie joggte über eine Stunde, von Ben keine Spur. Als sie wieder am Parkplatz war, war das Auto schon weg. Zum Glück, denn sie wollte Ben keinesfalls wiedersehen. Dieser Typ mit dem Bart und dem unverschämten Lächeln machte sie nur nervös.

***

Zu Hause wartete allerdings eine Überraschung. Eine Bauhausfirma suchte dringend eine Innenarchitektin und hatte ihre Mailanfrage gleich beantwortet.

Tessa rief dort an und nach einem klärenden Gespräch hatte sie einen Vorstellungstermin für den kommenden Donnerstag. Das waren gute Aussichten, und plötzlich erschien Tessa das Angebot von Herrn Mannsen, eine Abfindung zu erhalten, nicht mehr ganz so schlimm. Gleich suchte Tessa alle ihre Bewerbungsunterlagen zusammen, die sie am Donnerstag mitnehmen wollte.

***

Am Abend fuhr Tessa ins Theater. Sie hatte zwar keine Karte, aber es war Montag und da gab es meistens noch Restkarten.

Früher war sie immer mit Anke in die Aufführung gegangen, Tom hatte nie Lust dazu gehabt, und lieber ein Fußballspiel angesehen. Während sie den Wagen parkte, dachte sie an ihre Freundin.

Sie hatten sich in der Grundschule kennengelernt und immer alles miteinander geteilt. Kleine Geheimnisse den Eltern gegenüber, die Schwärmereien für die Jungen in der Schule, und auch die gemeinsamen Spiele mit Tom, der irgendwie immer mit von der Partie gewesen war.

Ob Anke schon immer ein Faible für Tom gehabt hatte? Zum ersten Mal kam Tessa die Idee, dass Anke womöglich schon länger in Tom verliebt war, und es nur nie gesagt hatte. Hatte Anke die ganzen Jahre auf sie Rücksicht genommen und ihre Liebe verdrängt? Anke war immer sehr herzlich mit Tom umgegangen und hatte sich nie etwas anmerken lassen. War Tom womöglich in den Tagen, die sie im Sauerland zugebracht hatte, bei ihr gewesen?

Nachdenklich stand Tessa vor dem Theater, als plötzlich jemand hinter ihr sagte: „Wenn das kein Zufall ist, Frau Mattis." Ben stand hinter ihr und fuhr fort: „Sind Sie auch Shakespeare-Fan?"

Tessa nickte irritiert. Verdammt, ausgerechnet er musste ihr heute über den Weg laufen. Dann war es also doch sein Auto, das sie am Nachmitttag an der Wilhelmshöhe gesehen hatte. Ohne sich weiter um ihn zu kümmern, ging sie zum Einlass.

„Für die dritte Reihe habe ich noch zwei Restkarten, die storniert worden sind", sagte die Kartenverkäuferin.

„Wir nehmen sie", erklärte Ben, der genau hinter Tessa stand und bezahlte gleich.

„Das geht doch nicht", protestierte Tessa.

„Sie haben ein Problem, Geschenke anzunehmen, nicht wahr?" Ben grinste frech und flüsterte ihr ins

Ohr: „Wenn es Ihnen neben mir nicht gefällt, müssen Sie eben wieder gehen."

Zielstrebig suchte er die dritte Reihe auf und schob sich bis zu seinem Platz durch. Einen Moment zögerte Tessa, dann folgte sie ihm. Während sie sich setzte, stieß sie ungewollt an Bens Arm und eine heiße Welle durchströmte sie. Er wendete sich zu ihr und seine Augen blitzen in dem schwachen Licht auf, wie Positionslampen auf See in einer sternenlosen Nacht.

Tessas Herz klopfte heftig und sie hatte das Gefühl, er könnte es hören, so laut kam es ihr vor. Verdammter Kerl! Warum musste ausgerechnet er neben ihr sitzen! Sie war vollkommen durcheinander, weil ihr ganzes Leben aus dem Ruder lief, und er war daran schuld. Jawohl!

Doch als sie an die Tage im Sauerland dachte, spürte sie wieder seine starken Arme, die sie den Berg herauf getragen hatten, sah seine vor Zorn blitzenden Augen, als sie in den Sturm hinausgelaufen war. Nein, daran wollte sie nicht denken, daran durfte sie nicht denken.

Das Licht im Zuschauerraum erlosch und der Vorhang hob sich. Tessa rückte von Ben ab, um ihn ja nicht versehentlich noch einmal zu berühren, und konzentrierte sich ganz auf das Theaterstück, was ihr allerdings nur unzureichend gelang.

In ihrem Hirn wirbelte ein Mix aus so vielen Geschehnissen der letzten Tage herum, dass die wirklich gute Leistung der Schauspieler völlig an ihr vorbeiging. Der wundervolle Tanz mit Ben, gleich darauf Toms wütendes Gesicht, dann das merkwürdige Benehmen von Anke und das Treffen mit Ben an der Wilhelmshöhe – all diese Gedanken spukten in ihrem Hirn herum, und ließen den Theatergenuss und die davon versprochene Beruhigung nicht zu.

Plötzlich spürte sie die Hand von Ben auf ihrem Knie und hielt den Atem an. Was fiel ihm ein? Empört schob sie seine Hand zur Seite und rückte wütend von ihm ab. Er blickte sie an und schüttelte leicht den Kopf. Was zum Donnerwetter sollte das bedeuten?

Tessa hatte genug. Endgültig. Sie stand auf, verließ ihren Platz und hastete aus dem Theater. Erst draußen merkte sie, dass ihr die Tränen in die Augen stiegen. Im Moment lief wirklich alles schief.

Zitternd am ganzen Körper lehnte sie sich neben dem Ausgang an die Wand, als sie Schritte hinter sich hörte.

„Tessa, was ist denn los?" Ben stand direkt neben ihr.

„Verschwinden Sie, ich will Sie nicht wiedersehen!", fauchte sie. „Sie sind an allem schuld."

Ben gab keine Antwort, sondern reichte ihr ein Taschentuch. Sie schnäuzte sich heftig und wischte sich die Tränen ab. Merkwürdigerweise beruhigte sie sich jetzt, obwohl er neben ihr stand.

„Kommen Sie", sagte Ben. „Ich weiß ein kleines Lokal in der Nähe."

Er nahm ihren Arm und Tessa ließ sich widerstandslos mitziehen. Nicht weil sie ihm dankbar war, sondern nur weil sie keine Kraft mehr hatte, sich ihm zu widersetzen. Zumindest redete sie sich das ein.

Es war eine kleine, schnucklige Kneipe mit versteckten Nischen und Ecken, in der Tessa noch nie gewesen war. Zielstrebig steuerte Ben eine Nische ganz hinten in der Ecke an. Er schien sich dort auszukennen, denn die Bedienung kam und er sagte nur: „Wie immer, bitte."

Tessa entschuldigte sich und flüchtete auf die Toilette. Entsetzt sah sie dort im Spiegel ihr verheultes Gesicht. Was sollte Ben nur von ihr denken? Denn obwohl sie nichts mit ihm zu tun haben wollte, sollte er sie nicht so sehen. Sie kühlte ihr Gesicht und erneuerte das Make-up, erst dann ging sie zu Ben zurück.

Als sie sich ihm gegenüber setzte, fragte er leise: „Geht's wieder?"

Tessa nickte. Er hatte Wein bestellt und nahm nun sein Glas und prostete ihr zu: „Trinken Sie, es wird Ihnen guttun."

Tessa nippte nur an dem Wein und sagte leise: „Es tut mir leid, dass ich so unfreundlich war. Aber irgendwie läuft bei mir im Moment alles schief."

Ben sah sie mit diesen dunklen Augen und diesem unwiderstehlichen Blick an, den sie auch beim Tanzen ständig auf sich gespürt hatte, und sie schlug die Augen nieder. Wie ein Schlag traf sie jetzt die Erkenntnis, dass er ihr viel mehr bedeutete, als sie sich bisher eingestehen wollte. Verdammt, hatte sie sich etwa in Ben verliebt? Nein, das konnte nicht sein, dass ging doch nicht!

„Lassen Sie doch einfach alles auf sich zukommen", sagte Ben. „Manchmal liegt die Lösung ganz nah und man sieht sie nur nicht."

Tessa schrak auf. „Wie bitte?"

„Sie haben noch gar nichts getrunken", sagte Ben leise und hielt ihr das Glas hin. „Wie wäre es, wenn wir zum Du übergehen, Tessa? Dann redet es sich leichter."

Die Gläser klangen sanft aneinander. Ben erhob sich, beugte sich zu ihr hinüber und küsste sie zart auf die Wange.

Wie elektrisiert zuckte Tessa zusammen. In ihrem ganzen Körper kribbelte es. Um ihre Erregung zu verbergen, leerte sie hastig ihr Glas, ohne seine freundschaftliche Geste zu erwidern.

Ben lächelte und schenkte ihr nach. „So langsam gefällst du mir besser", sagte er. „Was ist denn passiert? Du bist ja total nervös."

Tessa hob gerade zu einer Antwort an, als ihr Blick zur Tür fiel, wo jetzt lachend und scherzend ein Paar hereinkam. Anke und Tom.

„Auch das noch!", stöhnte sie leise und duckte sich tief unter den Tisch, um von den beiden nicht gesehen zu werden.

Ben sah sich um und hatte wohl sofort begriffen. „Du kannst wieder auftauchen. Sie haben sich nach hinten verkrochen", flüsterte er.

Tessa setzte sich mit hochrotem Kopf wieder auf. „Danke."

„Ist das der Grund, warum du so durcheinander bist?"

Tessa nickte. „Und meine Stelle ist auch weg."

„Dann sollten wir uns noch eine Flasche bestellen", sagte Ben, doch Tessa schüttelte den Kopf und kippte das Glas, das Ben gerade eingeschüttet hatte, mit einem Mal hinunter.

„Ich will weg, und zwar sofort." Sie griff nach ihrem Mantel, den sie einfach hinter sich über den Stuhl gehängt hatte und stand auf.

Ben runzelte unmutig die Stirn, winkte der Bedienung und zahlte. Tessa dauerte das zu lange. Sie stülpte sich ihre Kapuze über, damit Tom und Anke sie nicht erkennen konnten, und lief nach draußen.

Ihr Auto stand noch auf dem Parkplatz beim Theater. Ohne auf Ben Rücksicht zu nehmen, stürmte sie zum Parkplatz, bis heftiges Seitenstechen sie direkt unter einer Laterne stoppte. Sie hielt sich die Seite und atmete vorsichtig ein und aus.

Schritte erklangen und Ben kam auf sie zu.

Tessa kümmerte sich nicht um ihn, sondern versuchte noch immer schmerzfrei Luft zu holen.

„Seitenstechen?" Ben funkelte sie wütend an. „Kein Wunder, wenn du den Wein in dich hineinschüttest wie Wasser, und dann einen Spurt vorlegst!"

Er fasste sie sanft um die Taille und begleitete sie zu seinem Auto. „Ich bringe dich jetzt nach Hause", verkündete er verärgert und schob sie grob auf den Beifahrersitz.

„Ich kann selbst fahren", murrte Tessa, aber zu einer richtigen Gegenwehr fehlte ihr einfach die Kraft. Das Seitenstechen hatte zum Glück etwas nachgelassen und sie drückte sich in den Sitz.

Ben schlug die Tür zu und beugte sich zu ihr hinüber und hielt ihr den Gurt hin. „Anschnallen bitte!"

Sein Atem streifte ihr Gesicht und ihr Herz klopfte bis zum Hals und gerade als sie dachte, er würde sie küssen, zog er sich zurück und sagte: „Und jetzt möchte ich wissen, warum du auch noch deine Stelle verloren hast."

Sofort sperrte sich alles in Tessa und sie fauchte: „Das geht dich gar nichts an."

„Da ich ja deiner Meinung nach daran schuld bin, muss ich dir leider widersprechen."

„Du wolltest mich nach Hause bringen", fuhr Tessa auf. „Wenn du es dir anders überlegt hast, fahre ich allein." Sie fasste nach dem Türgriff und war im Nu ausgestiegen.

Ben stieg ebenfalls aus. Als sie davonlaufen wollte, stoppte er sie mit einem festen Griff am Arm, riss sie mit einer verzweifelten Geste an sich und küsste sie. Tessa wusste nicht, was mit ihr los war. Sie wollte ihn von sich stoßen, aber stattdessen erwiderte sie den Kuss mit der Heftigkeit einer Ertrinkenden, die endlich den ersehnten Rettungsring gefunden hat.

\*\*\*

Das Theaterstück war zu Ende und die Menschen strömten aus dem Gebäude. Tessa wusste nicht, wie lange sie sich geküsst hatten, sie wusste nur, dass sie nie mehr damit aufhören wollte. Erschrocken stellte sie fest, dass Ben sich von ihr löste und erst jetzt sah sie, wie die Leute aus dem Theater auf den Parkplatz strömten.

„Komm", sagte Ben leise. Er fasste ihre Hand und sie gingen zu seinem Wagen zurück. Tessa war so mit den Gedanken bei diesem wunderbaren Kuss, dass sie ihm wortlos folgte.

Er startete und fuhr langsam vom Parkplatz. „Musst du Morgen arbeiten?"

„Nein."

Eine Viertelstunde später parkte Ben vor seinem Hotel und ohne zu fragen, ging Tessa mit ihm.

Kaum hatte Ben die Tür zu seinem Zimmer hinter ihnen geschlossen, küssten sie sich erneut. Tessa fühlte sich wie in einem schönen Traum.

***

Erschrocken fuhr Tessa aus dem Schlaf hoch und sah sich erstaunt um. Draußen war es schon hell und die Uhr an ihrem Arm zeigte acht Uhr dreißig. Sie war allein. Allein in einem fremden Zimmer. Und sie war nackt. Nebenan im Bad hörte sie Geräusche. Jemand duschte. Ben. Oh nein! Sie hatte mit Ben geschlafen!

Entsetzt sprang sie aus dem Bett und sah ihre herumliegenden Kleidungsstücke, die davon zeugten, dass sie sich am Abend zuvor gegenseitig ausgezogen hatten. Wenn sie nun darüber nachdachte, musste sie sich eingestehen, dass sie sich gegenseitig die Kleidungsstücke förmlich vom Leib gerissen hatten und regelrecht übereinander hergefallen waren. Das Schlimmste war: Sie hatte es genossen. Seine Hände hatten ein Feuer in ihrem Körper entfacht, wie sie es schon lange nicht mehr gespürt hatte. Noch jetzt überliefen sie heißkalte Schauer, wenn sie daran dachte.

Tessa sammelte ihre Sachen ein und zog sich in Windeseile an. Sie musste weg hier. Sie musste vollkommen durcheinander gewesen sein. Wie sonst sollte sie sich erklären, dass sie ausgerechnet mit Ben geschlafen hatte. Wie konnte sie nur! Sie liebte ihn nicht. Er war gar nicht ihr Typ.

Das Geräusch der Dusche nebenan verklang. Schnell griff Tessa nach ihrem Mantel und ihrer Tasche. Fluchtartig verließ sie das Hotelzimmer.

# 10. Kapitel

Kurz vor Mittag machte Tessa sich zu einem Stadtbummel auf. Sie musste unbedingt auf andere Gedanken kommen, außerdem wollte sie sich für ihr Vorstellungsgespräch etwas Neues kaufen. Zumindest redete sie sich das ein, aber in Wirklichkeit hatte sie es in der Wohnung nicht mehr ausgehalten. Sie musste diese Nacht vergessen. Sie musste Ben vergessen.

Langsam schlenderte sie durch die Straßen und betrachtete die Weihnachtsdekoration in den Fenstern. In der Einkaufszone waren Lichterketten über die Straße gespannt und Tessa stellte sich vor, wie sie am Abend leuchten würden. Sie ging bis zum Weihnachtsmarkt und inhalierte förmlich den Duft der gebrannten Mandeln an einem Stand direkt am Eingang. Natürlich konnte sie nicht daran vorbeigehen, ohne ein Tütchen mitzunehmen. Sie wanderte über den Markt bis zu dem großen Weihnachtsbaum, der in der Mitte stand. Kurze Zeit blieb Tessa dort stehen, knabberte die Mandeln und betrachtete die bunten Kugeln, dann ging sie weiter zu ihrer Lieblingsboutique an deren Eingang ein großer Nikolaus stand und ihr beim Eintreten fröhlich zuwinkte.

Es war seit Langem das erste Mal, dass Tessa allein durch die Läden streifte. Früher hatte sie immer Anke mitgenommen, die einen untrüglichen Instinkt für die richtige Garderobe zu jedem Anlass hatte. Tessa wanderte etwas unentschlossen durch den Laden, lauschte dem Lied „Jingle Bells" und erfreute sich an den bunten Kugeln, die von der Decke baumelten. Sie suchte nach einem Hosenanzug, den sie zu ihrem Vorstellungsgespräch anziehen wollte, aber nichts, was sie sah, gefiel ihr. Sie verließ den Laden wieder und ging weiter durch die Stadt, zu guter Letzt war sie wieder genau im gleichen Geschäft wie zuvor, und der Weihnachtsmann an der Tür schien ihr zuzublinzeln. Seufzend machte sie sich erneut auf die Suche und wurde plötzlich doch noch fündig. Der Anzug passte perfekt und sie suchte nun nach einer dazu passenden Bluse. Als sie auch die gefunden hatte, machte sie sich zufrieden auf den Heimweg.

\*\*\*

Es war kurz vor Mittag, als ihr plötzlich Anke einfiel. Die Freundin hatte ihr beim letzten Anruf erzählt, dass sie diese Woche frei hatte, weil sie den Urlaub im Sauerland hatte streichen müssen.

Tessa musste unbedingt wissen, was es mit ihrer Beziehung zu Tom auf sich hatte, und fuhr zu ihrer Wohnung. Wie sie vermutet hatte, war Anke zu Hause.

„Du bist es Tessa", sagte sie beim Öffnen. „Das trifft sich gut, Ich wollte gerade shoppen gehen, kommst du mit?"

Tessa starrte sie wütend an. „Shoppen? Mit dir? Du spinnst wohl!" Sie lachte spöttisch. „Wie war denn deine Nacht mit Tom?"

Anke wurde bleich. „Du weißt davon?"

„Also stimmt es", sagte Tessa. „Dass du so mies sein kannst, hätte ich wirklich nicht gedacht!"

„Du hast Schluss mit Tom gemacht, vergiss das nicht!", entgegnete Anke mit eisiger Stimme.

„Ich? Tom hat Schluss gemacht."

„Was?" Anke tat überrascht. „Das hab ich nicht gewusst, Tessa, wirklich nicht."

„Vergiss es und lass mich zufrieden", sagte Tessa und winkte ermüdet ab. Sie glaubte Anke kein Wort. Warum musste Tom sich ausgerechnet ihre beste Freundin krallen!

Sie war so wütend auf Anke gewesen, aber jetzt war ihre Wut plötzlich verpufft, wie die Luft aus einem kaputten Ballon. Anke war immer ihre beste Freundin gewesen, aber jetzt wo Tessa Klarheit hatte, würde ihre Beziehung nie wieder so sein wie früher. Sie wollte gehen, aber Anke hielt sie zurück.

„Bitte, Tessa", sagte sie. „Lass uns reden."

„Das bringt ja doch nichts." Tessa seufzte, ließ sich aber doch umstimmen.

\*\*\*

Da es ohnehin Mittag war, gingen sie in ein gegenüberliegendes Restaurant zum Essen. Es war ein kleines Lokal mit nur wenigen Tischen in schmalen Nischen, die bis auf einen in der Ecke alle besetzt waren. Über jedem Tisch hing ein altmodischer Lampenschirm, der mit hellem Stoff bezogen war. Die Tische waren liebevoll mit Gestecken aus Tannenzweigen, Zapfen, Kugeln und einer Kerze dekoriert. Sie nahmen in der freien Ecke Platz und die Bedienung kam mit den Speisekarten und entzündete die Kerze.

Kaum war die Kellnerin gegangen, zischelte Tessa: „Und nun will ich wissen, seit wann du mit Tom zusammen bist?"

„Du hast doch zu mir gesagt, dass es mit euch nicht mehr klappt", warf Anke ein. „Du hast es grad nötig, dabei hat Tom mir gesagt, du hättest längst einen anderen."

„Das stimmt überhaupt nicht", fuhr Tessa auf, und sah sich erschrocken um, denn ihre Stimme war in der Erregung ziemlich laut geworden. „Ich habe alles versucht, mich mit Tom zu versöhnen, aber er hat immer abgeblockt." Sie spielte mit ihrem Schlüsselbund und setzte hinzu: „Dann hat er plötzlich Schluss gemacht und seine Sachen mitgenommen."

„Sonntagabend stand er unangemeldet vor meiner Tür." Anke senkte den Blick auf ihre gepflegten Hände mit den French-Nails.

„Erst am Sonntag", unterbrach Tessa sie, und dachte daran, dass sie die beiden oben am Fenster gesehen hatte.

„Na, ja. Vorher auch schon ..." Sie stoppte. „Aber da war ich noch mit Bernd zusammen und ..."

„Es war also nicht das erste Mal", fuhr Tessa sie an. „Schön, dass ich das nun auch erfahre. Deshalb war Tom so komisch die letzten Monate."

„Tessa, es tut mir so leid ..."

„Sonntagabend sah das aber ganz anders aus", fauchte Tessa.

„Bitte, Tessa. Ich weiß auch nicht, wie es passiert ist, aber plötzlich hat er mich geküsst und ..." Sie stockte und sah Tessa wieder an. „Ich habe Tom immer schon geliebt. Als du mir damals eröffnet hast, dass ihr ein

Paar seid, hab ich die ganze Nacht geheult und dann traf ich kurz darauf Bernd."

Tessa runzelte unmutig die Stirn. „Du hast nie etwas gesagt. Warum nicht?"

„Ich wollte dein Glück nicht zerstören." In Ankes Augen schwammen Tränen. „Beim ersten Mal hab ich gesagt, dass es nicht geht, wegen dir ..."

„Und ich hab gedacht, du bist meine Freundin", sagte Tessa kopfschüttelnd.

„Wenn ich gewusst hätte, dass du Tom noch liebst ..." Anke zuckte die Schultern. „Aber ich war so allein, nachdem es mit Bernd aus war, und so froh, dass er da war."

„Bist du deshalb nicht zum Wellnesshotel gekommen?", fragte Tessa.

„Nein, das war rein beruflich."

„Achso", antwortete Tessa spöttisch, die Anke jetzt nichts mehr glaubte. Die Bedienung kam und servierte. Beide Frauen starrten auf ihren Teller, ohne das Essen anzurühren.

„Liebst du Tom noch?", fragte Anke, nachdem die Bedienung gegangen war.

Tessa zuckte wortlos die Schultern. Sie wollte ihre Gefühle mit Anke nicht erörtern und war verärgert, dass sie sich überhaupt auf das gemeinsame Essen eingelassen hatte.

Anke sah sie nachdenklich an und begann langsam zu essen. Plötzlich fragte sie: „Und was ist mit diesem Professor, von dem Tom gesprochen hat?"

Tessa ließ die Gabel sinken, die sie gerade zum Mund führen wollte. „Ach, darüber weist du auch Bescheid. Wie schön."

„Bitte, Tessa, lass uns nicht streiten."

„Wir streiten doch gar nicht", fauchte Tessa wütend. „Ich bin total froh, dass du dich an Tom rangemacht hast. Sieht man mir das nicht an?"

„Bist du jetzt sauer auf mich?"

Tessa blickte Anke empört an. „Sauer? Mehr als das."

„Echt?" Anke seufzte.

„Ganz besonders wütend bin ich auf Tom", fügte Tessa giftig hinzu. „Er spielt bei mir den Eifersüchtigen und geht nebenher fremd. Ich hätte nie gedacht, dass er so fies sein kann."

„Ich glaube, du siehst das völlig falsch", warf Anke ein.

„Von wegen falsch", fuhr Tessa dazwischen. „Ich muss mir jetzt nämlich auch noch eine neue Stelle suchen."

„Du willst deine Arbeit aufgeben? Wieso das denn?"

„Tom will nicht mehr mit mir zusammenarbeiten."

Anke starrte sie an. „Das hab ich wirklich nicht gewusst. Soll ich mit ihm reden?"

„Bloß nicht", wehrte Tessa ab. „Erst hab ich mich total geärgert, aber jetzt bin ich schon fast froh darüber."

„Echt?" Anke stieß heftig die Luft aus. „Ich will nicht, dass diese Sache zwischen uns steht, Tessa."

„Das hättest du dir besser vorher überlegt", sagte Tessa. „Unter Freundschaft stell ich mir was anderes vor."

Verdammt! Welcher Teufel hatte sie geritten, mit Anke zu reden? Sie winkte der Bedienung, zahlte und verschwand, obwohl sie das Essen kaum angerührt hatte.

***

Am Nachmittag hatte Tessa den Termin bei ihrer Anwältin. Edwina Jorges empfing sie wie eine alte Freundin und Tessa berichtete von dem Gespräch mit Herrn Mannsen.

„Er will Sie kündigen, nur weil sein Sohn sich eine Zusammenarbeit mit Ihnen nicht vorstellen kann?", wiederholte Frau Jorges empört. „Das ist ja unerhört!"

Tessa seufzte. „Das dachte ich auch zuerst, aber es würde auch mir schwerfallen, mit Tom zusammenzuarbeiten."

„Ich würde Ihnen trotzdem raten, auf einer Weiterbeschäftigung zu bestehen", sagte Frau Jorges. „Umso höher wird die Abfindung sein, die die Firma zu zahlen bereit ist."

„Und wenn Sie mich kündigen?"

„So wie Sie mir den Fall geschildert haben, wird die Firma das möglichst vermeiden wollen."

„Was soll ich denn sagen, wenn ich am Freitag hinkomme?", sagte Tessa verzagt. „Mir graut regelrecht davor."

„Ich werde Sie begleiten", sagte Frau Jorges. „Sie müssen sich eine neue Stelle suchen, vielleicht umziehen. All das kostet Geld, da sollten wir schon sehen, dass eine gute Abfindung dabei herausspringt, falls Sie sich letztendlich auf einen Aufhebungsvertrag einigen."

Tessa überlegte. „Und wenn Herr Mannsen doch eine Kündigung ausspricht?"

„Da er mit Ihren Eltern gut bekannt und sogar befreundet ist, wird er das sicher nicht durchziehen wollen", war Frau Jorges überzeugt. „Auf jeden Fall gewinnen wir Zeit, wenn wir auf einer Weiterbeschäftigung bestehen."

Tessa war nicht überzeugt, unterschrieb aber die Vertretungsvollmacht und war richtig froh, dass Frau Jorges sie am Freitag begleiten würde.

Als sie die Kanzlei verließ, war ihr schon wesentlich wohler zumute und sie belohnte sich mit einem Schwimmbadbesuch.

Schwimmen war neben Joggen ein weiteres Hobby von Tessa. Sie war ein ausgesprochen gute Schwimmerin und seit Jahren im Verein. Während der Schulzeit hatte sie oft an Wettbewerben teilgenommen, aber irgendwann damit aufgehört, weil ihr einfach die Zeit für ein ausreichendes Training fehlte. Trotzdem liebte sie es, durchs Wasser zu pflügen und auch jetzt machte sie ihre Runden und setzte sich erst nach einer halben Stunde an den Rand, um sich zu entspannen.

Die Zeit bis zum Donnerstag verging zum Glück schnell. Da nun am Freitag Frau Jorges mitkam, konzentrierte Tessa sich ganz auf den Vorstellungstermin in Korbach. Zu ihrer Freude war auch ihr Auto fertig und sie konnte den Leihwagen wieder abgeben und mit dem eigenen Wagen fahren.

Sie hatte ihre Bewerbungsmappe komplett, bis auf das Zeugnis der Firma Mannsen & Brauer, das sie am Freitag noch anfordern wollte.

\*\*\*

Es war schon später Nachmittag, als Tessa von ihrem Vorstellungstermin zurückkam. Alles war gut gelaufen und man hatte ihr versprochen, noch vor Weihnachten eine Entscheidung zu treffen. Die Stelle sollte ab Februar neu besetzt werden.

Erst jetzt fand Tessa den Mut, ihre Eltern zu besuchen und ihnen von der Veränderung in ihrem Leben zu berichten.

Sie traf ihre Mutter in der Küche. Nachdem Tessa ihr alles erzählt hatte, sah ihre Mutter sie tadelnd an. „Warum bist du denn nicht gleich zu uns gekommen? Ich hätte Bernhard angerufen und ihm gesagt, dass er so nicht mit dir umspringen kann."

„Genau das wollte ich nicht, Mama", fuhr Tessa auf. „Ich geh nicht gern weg, aber wenn Tom mich nicht haben will, dann will ich auch nicht mit ihm zusammenarbeiten."

„Und wenn das mit der neuen Stelle nicht klappt?"

„Es ist Hochkonjunktur im Bauwesen", antwortete Tessa. „Ich finde schon was."

„Und deine Hochzeit? Ich hab schon etlichen Leuten erzählt, dass du im Sommer heiratest", antwortete ihre Mutter. „Du mit deinem Dickkopf. Dabei ist Tom so ein netter Junge. Sprich doch noch mal mit ihm!"

„Mama!" Tessa war mittlerweile wütend. „Tom ist längst mit Anke zusammen. Ich will ihn nicht mehr."

Ihre Mutter starrte sie an. „Mit Anke? Deiner Freundin, dieser Rothaarigen?"

„Ja, genau", sagte Tessa.

„Ich hab immer gesagt, dass diese Anke es faustdick hinter den Ohren hat", giftete ihre Mutter jetzt. „Kaum fährst du ein paar Tage weg, schon krallt sie sich deinen Mann. So eine unverschämte Person."

„Mama, jetzt reicht es!" Tessa funkelte ihre Mutter wütend an. „Tom hat mit mir Schluss gemacht, er ist der Übeltäter, nicht Anke."

Verärgert verließ sie die Küche. Hätte sie nur gewartet, bis der Termin bei Mannsen & Brauer vorbei war. Wenn ihre Mutter nun bei Bernhard Mannsen anrief, oder noch schlimmer bei seiner Frau? Susanne Mannsen und ihre Mutter gingen regelmäßig zusammen ins Fitnessstudio.

Tessa lief nach draußen zu ihrem Auto, als gerade ihr Vater auf den Hof fuhr. Er ließ die Scheibe herunter und fragte: „Stimmt es, dass du bei Mannsen und Brauer gekündigt hast?"

„Nein, Herr Mannsen will mich kündigen, weil Tom Schluss gemacht hat", gestand Tessa ohne Umschweife und fuhr verärgert fort: „Ganz gleich was ihr denkt, unternehmt bitte nichts in dieser Sache. Ich regele das selbst." Sie holte einmal tief Luft und setzte hinzu: „Verstanden, Papa?" Dann sprang sie in ihr Auto und fuhr mit quietschenden Reifen davon.

Wütend schlug sie auf das Lenkrad. Warum konnten ihre Eltern ihre Entscheidungen nicht akzeptieren? Schließlich war sie kein Kind mehr.

\*\*\*

Es dunkelte bereits, als Tessa vor ihrer Wohnung hielt. Normalerweise wäre sie nun zu Anke gefahren und hätte mit ihr alles durchgequatscht, Prosecco getrunken und sich wieder beruhigt. Dieser Weg war nun leider verbaut. Es war zum Haareraufen.

Es war achtzehn Uhr und der Abend viel zu lang, um zu Hause herumzusitzen. Seufzend zog Tessa ihre Laufklamotten an und verließ die Wohnung. Sollte sie wirklich in der Dunkelheit an der Wilhelmshöhe Joggen?

Da fiel ihr der Sportplatz ein. Er war beleuchtet und sie konnte dort ihre Runden ziehen.

Etliche Jogger trainierten schon dort, als sie ankam und sich einreihte. Über eine Stunde drehte sie Runde um Runde und irgendwann war sie so erschöpft, dass sie aufgab und langsam zu ihrer Wohnung fuhr. Sie entleerte den Briefkasten und lief mit dem Packen, der hauptsächlich aus Werbung bestand, in ihre Wohnung hinauf.

Eine bunte Postkarte mit einem Rosenstrauß fiel direkt vor ihren Füßen zur Erde. Auf der Rückseite stand eine Handynummer und nur ein Wort: „Warum?"

Tessa Herz klopfte bis zum Hals. Nur Ben konnte sie ihr geschickt haben. Nachdenklich legte sie die Karte zur Seite und ging ins Bad.

Als sie unter der heißen Dusche stand, dachte sie an die Nacht mit Ben.

An die Küsse, an seine Hände, die ihren Körper gestreichelt und Gefühle in ihr geweckt hatten, die sie an sich gar nicht kannte. Seine Lippen hatten sich ein Weg über ihre Haut gebahnt und eine brennende Spur hinterlassen. In Gedanken genoss sie das erregende Kitzeln seines Bartes zwischen ihren Schenkeln. Doch dann drehte sie die Dusche auf kalt, um die Erinnerungen schnell wieder zu vertreiben. Gleich darauf stellte sie die Dusche ab und griff nach dem Handtuch.

*Warum?*

Sie war weggelaufen, weil sie noch nie so etwas erlebt hatte. Weil sie nicht glauben konnte, dass er es ernst meinte. Weil die Erinnerung um den Bruch mit Tom noch zu frisch war. Es gab so viele Antworten auf diese Frage.

Ja, endlich gestand sie es sich ein. Sie hatte Angst, erneut verlassen zu werden. Angst, sich so sehr zu verlieben, dass es wehtat. Aber eigentlich war das längst passiert. Ben war in ihren Gedanken allgegenwärtig. Auch wenn sie alles tat, um ihn zu vergessen. Sie wollte einen Mann, der ihr treu war, einen Mann der nur ihr gehörte. Und Ben?

Ausgerechnet Tom hatte es auf den Punkt gebracht: ein Schürzenjäger.

Genau das war Ben.

Tessa wollte gar nicht wissen, wie viele Frauen er vor ihr schon gehabt hatte. Wenn sie nur daran dachte, wie die Studentinnen ihn angehimmelt hatten. Nur seinetwegen war der Hörsaal doch so voll gewesen. Mia hatte es ihr bestätigt.

Ein Mönch war er mit Sicherheit nicht. Ein Macho. Ein toller Liebhaber. Aber kein Mann für die Dauer. Basta. Wenn da nur nicht diese Nacht gewesen wäre, die immer wieder ungebeten in Tessas Gedanken auftauchte.

\*\*\*

Tessa hatte schlecht geschlafen und die Aussicht, nun auch noch Herrn Mannsen gegenüberzutreten, war nicht gerade rosig. Sie war heilfroh, dass Frau Jorges mitkam.

Tessa frühstückte und legte anschließend besonderen Wert auf ihr Aussehen. Sie musste einfach eine gute Figur machen. Sie hatte sich für ein schlichtes, dunkelblaues Kostüm mit einem zartblauen Top entschieden und trug dazu ihre hochhackigen, gleichfarbigen Pumps.

Frau Jorges holte sie ab und lächelte Tessa aufmunternd zu. „Machen Sie sich keine Sorgen, es wird alles gut laufen", sagte sie und steuerte ihr Sportcoupé langsam durch die Stadt.

Herr Mannsen war diesmal nicht allein, sondern auch seine Frau war anwesend. Tessa wappnete sich, denn wie sie vermutet hatte, gab es gleich zu Anfang Ärger. „Dass du hier mit einer Anwältin aufkreuzt, wäre nun wirklich nicht nötig gewesen, Tessa", erklärte Frau Mannsen-Brauer spitzzüngig, als sie hereinkamen. Sofort hatte Tessa ein mulmiges Gefühl. Das konnte nur schiefgehen.

Frau Jorges ließ sich davon nicht einschüchtern und quittierte den Satz der Chefin sofort. „Frau Mannsen-Brauer, bitte unterlassen Sie jegliche Einschüchterungen meiner Mandantin, ansonsten sind wir gezwungen, den Klageweg zu beschreiten."

„Susanne, bitte", ermahnte Herr Mannsen seine Frau und Frau Mannsen-Brauer setzte sich neben ihn und zog missbilligend die Brauen hoch.

Ohne die Anwesenheit der Anwältin zu erwähnen, sah Herr Mannsen Tessa freundlich an und legte ihr einen Vertrag vor. „Ich habe den Aufhebungsvertrag bereits vorbereitet."

Tessa hatte ein beklommenes Gefühl in der Brust und blickte schweigend auf das Schriftstück. Frau Jorges nahm wortlos mit gerunzelter Stirn den Vertrag an sich und las.

„Das ist ja wohl nicht ihr Ernst, Herr Mannsen", sagte sie gleich darauf und gab ihm den Vertrag zurück. „Mit so einer lächerlichen Summe sind wir keinesfalls einverstanden. Außerdem hat Frau Mattis Anspruch auf ein Zeugnis. Das würden wir gern gleich mitnehmen."

Tessa saß wortlos mit rotem Kopf dabei.

„Das ist eine Unverschämtheit, unsere Situation so auszunutzen!", platzte nun Toms Mutter heraus.

„Ihre Situation?" Frau Jorges sah das Ehepaar empört an. „Wessen Situation wird denn hier ausgenutzt? Frau Mattis soll ohne triftigen Grund ihren Job verlieren, in dem sie sich nichts hat zu Schulden kommen lassen."

„Meine Damen, wir wollen doch zu einem Ergebnis kommen", sagte Herr Mannsen, und schnitt damit kurzerhand seiner Frau das Wort ab, die gerade zu einer Erwiderung angesetzt hatte.

Er fischte ein Blatt aus seiner Mappe und übergab es der Anwältin: „Das Zeugnis habe ich bereits geschrieben, damit kann sich Frau Mattis ab sofort überall bewerben."

Herr Mannsen vermied ab jetzt jeden Blick auf Tessa und sah nur die Anwältin an, woraus Tessa schloss, dass er mehr als verärgert war. Tessa wäre am liebsten im Boden versunken, so unangenehm war ihr die Situation. Ihre Ex-Schwiegereltern als Feinde, so etwas war nicht einmal in ihren schlimmsten Träumen vorgekommen.

Frau Jorges hatte das Zeugnis gelesen, übergab es Tessa und sagte: „Nach meiner Einschätzung ist das Zeugnis in Ordnung, aber beim Aufhebungsvertrag ist Nachbesserung erforderlich."

„Auf keinen Fall", meldete sich nun wieder Frau Mannsen-Brauer. „Der Betrag wird nicht erhöht. Wir werden Frau Mattis fristlos kündigen."

Tessas Herz setzte aus. Eine fristlose Kündigung? Sie wollte gerade protestieren, als Frau Jorges ihr mit einer Hand gebot zu schweigen, und lächelnd antwortete: „Frau Mannsen-Brauer, Sie wissen doch genau, dass Sie damit nicht durchkommen. Eine fristlose Kündigung kann nur ausgesprochen werden, wenn eine dienstliche Verfehlung vorliegt, was hier nicht gegeben ist. Sie können nur eine ordentliche Kündigung aussprechen."

„Das werden wir ja sehen", sagte Frau Mannsen-Brauer bestimmt. „Wir lassen es auf einen Gerichtsstreit ankommen."

„Das möchte ich nicht", warf Tessa ein, der mittlerweile die Tränen kamen. „Ich will keinen Streit, bitte."

Frau Jorges funkelte Tessa verärgert an. „Wie Sie sehen, ist es meiner Mandantin an einer gütlichen Einigung gelegen", sagte sie. „Ich schlage vor, eine normale Kündigung auszusprechen und meine Mandantin bis zum Ende der im Arbeitsvertrag vereinbarten Kündigungsfrist von drei Monaten weiter zu beschäftigen, selbstverständlich bei vollem Gehalt und dem im Vertrag vereinbarten dreizehnten Monatsgehalt."

Herr Mannsen zog die Stirn in Falten und antwortete nachdenklich: „Frau Anwältin, wir werden den Vorschlag intern prüfen. Mir persönlich wäre ein Aufhebungsvertrag als schneller, sauberer Schnitt lieber." Er klappte seine Mappe zusammen und setzte hinzu: „Tessa, du bist weiterhin beurlaubt. Wir sehen uns am Montag nächster Woche um die gleiche Zeit." Er warf seiner Frau einen Blick zu und das Ehepaar Mannsen verließ den Raum.

Tessa stand auf und stieß die Luft durch die Zähne. „Puh", sagte sie. „Das mach ich nicht mehr mit. Ich unterschreib den Aufhebungsvertrag."

Während sie das Gebäude verließen, sagte Frau Jorges: „Im Aufhebungsvertrag ist eine Summe von 5.000 Euro angegeben. Das ist viel zu wenig, es sind ja nicht einmal drei Monatsgehälter. Im Arbeitsvertrag steht, dass das dreizehnte Monatsgehalt nur gezahlt wird, wenn Sie bis Ende März in der Firma bleiben. Bei einem Aufhebungsvertrag fällt es flach."

„Aber wenn sie mich jetzt fristlos kündigen?", jammerte Tessa.

Frau Jorges lachte. „Das werden sie nicht tun, denn sie sind nicht an einem Rechtsstreit interessiert. Entweder werden sie meinen neuen Vorschlag akzeptieren oder die Summe im Aufhebungsvertrag erhöhen."

„Das glaube ich nicht", sagte Tessa mutlos.

„Sie werden. Verlassen Sie sich drauf", versicherte Frau Jorges.

# 11. Kapitel

Tessa war so niedergeschlagen nach diesem Termin, dass sie gleich nachdem die Anwältin sie vor ihrer Wohnung abgesetzt hatte, die Laufschuhe schnürte und zur Wilhelmshöhe fuhr.

Was hatte sie sich da nur eingebrockt? Und alles nur, weil sie im Sauerland Ben kennengelernt hatte. Oder war es ganz anders?

Wenn sie richtig überlegte, war die Beziehung zu Tom schon seit Monaten nicht mehr, wie sie sein sollte. Tom war mit seinen Kumpels unterwegs und sie hatte ihren Sport oder Anke, mit der sie etwas unternommen hatte.

Wann hatte sie eigentlich das letzte Mal mit Tom geschlafen? Das war Wochen her. Immer hatte Tom etwas vor, war spät von der Arbeit gekommen, oder hatte keine Lust gehabt. Erst jetzt kam sie darauf, dass er vielleicht alles geplant hatte. Und Anke? War sie nur ein Teil seines Plans? So infam war er doch nicht, oder? Oder hatte Anke alles inszeniert? Sie hatte nicht verraten, wann sie das erste Mal mit Tom zusammen gewesen war, nur gesagt, dass sie damals noch mit Bernd liiert gewesen war.

Tessa parkte das Auto auf dem Parkplatz und lief los. Sie blieb unten auf den Wegen, die sich durch dichte Baumgruppen und weitläufige Rasenstücke schlängelten. Nach dem Regen der letzten Tage waren noch geringe Schneereste auf den Wiesen, durch die sich die Wege schlängelten, und die Bäume reckten ihre kahlen Zweige in den grau-blauen Himmel, an dem nun eine milchige Sonne durchkam. Tessa kam an einem Teich vorbei, wo die Enten nach den Brotbröckchen tauchten, die zwei ältere Frauen in Wasser warfen. Auf der Wiese daneben standen zwei Schneemänner einträchtig nebeneinander, sie waren mächtig zusammengeschmolzen und die Hüte, die sie wohl ursprünglich aufgehabt hatten, lagen in einem kleinen Schneerest daneben. Tessa überquerte kurze Zeit später eine Brücke, deren Geländer noch vor Tagen mit einer Schneehaube geschmückt gewesen war, aber nun feucht in der schwachen Wintersonne glänzte.

Während Tessa durch den Park joggte, wanderten ihre Gedanken hin und her und jede Kleinigkeit, die in den letzten Wochen, ja Monaten, passiert war, durchdachte sie. Seit wann war es eigentlich so anders?

Sie dachte an den Sommer, der wunderbar warm und schön gewesen war. Da war noch alles wie immer, sie hatten sich fast jeden Tag geliebt und waren jede freie Minute rausgefahren, mit dem Rad, gemeinsam mit Freunden oder allein.

Dann war der Urlaub vorbei und der Stress in der Firma ziemlich groß und Tom hatte sich innerhalb kürzester Zeit vom zärtlichen Liebhaber in einen Mann verwandelt, der nie Zeit hatte und abends lange wegblieb. Ob er da schon regelmäßig bei Anke war?

Während Tessas Beine mechanisch vorwärtsstreben, liefen die Gedanken rückwärts. Die ganzen letzten Monate mit Tom ließ sie Review passieren und plötzlich fiel ihr ein Ereignis ein, dem sie kaum Bedeutung zugemessen hatte.

Das Sommerfest der Firma, an dem alle Arbeiter und Angestellten teilgenommen hatten. Sie hatte sich mit

Toms Mutter unterhalten, während die Männer sich unter die Beschäftigten gemischt hatten.

Tom schäkerte mit den Auszubildenden, war guter Laune und redete mit Händen und Füßen. In der Nacht war er nicht nach Hause gekommen und hatte behauptet, ins Büro gegangen und dort eingeschlafen zu sein.

Tessa hatte sich nichts dabei gedacht. War er damals auch schon bei Anke gewesen? Wahrscheinlich.

Mitten auf dem Weg blieb Tessa stehen. Konnte es sein, dass Tom die ganze Zeit mit Anke ein Verhältnis gehabt hatte, obwohl sie es abstritt?

Tessa wischte den Gedanken weg und lief Richtung Parkplatz. Warum hatte Tom dann so eifersüchtig auf Ben reagiert? Oder war das alles nur Scharade, um die ganze Schuld an ihrem Zerwürfnis ihr zuzuschieben?

Tessa seufzte. Fakt war, sie hatte nicht nur eine Liebe sondern auch ihre beste Freundin verloren. Und jetzt war es sowieso egal. Es würde sich nichts mehr ändern, solange sie auch grübelte. Und wenn sie es recht überlegte, wollte sie Tom gar nicht mehr. Nicht nach dieser Nacht mit Ben.

***

Es dunkelte bereits als Tessa heimfuhr. Sie betrachtete die Weihnachtsdekoration, die den Straßen ein anheimelndes Flair gab, und plötzlich kamen ihr ungewollt die Tränen. Am letzten Sonntag hatte sie den Streit mit Tom gehabt. Die Kerzen und das hübsche Adventsgesteck, das sie besorgt hatte, waren gar nicht zum Einsatz gekommen. Zu deutlich hatte Tom ihr gesagt, dass er von romantischen Abenden bei Kerzenschein nichts hielt.

Sonntag war schon der dritte Advent und in einer Woche gleich nach dem vierten Advent war Heiligabend. Sie wischte sich mit dem Handballen die Tränen weg und hielt vor ihrem Haus. Sollte sie Weihnachten wirklich allein mit ihren Eltern feiern? Unmöglich. Das Gespräch würde unweigerlich auf ihre gescheiterte Beziehung kommen und noch schlimmer, auf den verlorenen Job.

Tessa ging ins Wohnzimmer und legte sich auf die Couch und grübelte. Sie musste raus hier, weg, nur weg. Aber wohin?

Wieder musste sie an Ben denken. An das Bauernhaus im Schnee. Das Abendessen bei Kerzenschein und an den Tanz in der Küche.

Ob Ben wohl dort Weihnachten feierte? Lag dort noch Schnee? Sofort wischte sie den Gedanken weg. Ben war das Letzte, woran sie denken wollte.

Natürlich hatte es auch in Kassel geschneit. In den letzten Tagen war es jedoch milde gewesen, und bis auf ein paar Reste an den Straßenrändern und wie vorhin im Park war der Schnee verschwunden.

Am liebsten würde Tessa sich einfach ins Auto setzen und in ein Skigebiet fahren und alles um sich herum vergessen. Aber das ging nicht. Schließlich musste sie erst die Sache mit ihrer Stelle bei Mannsen & Brauer regeln. Aber vielleicht doch. Jetzt am Wochenende war das sicher kein Problem. Sie war beurlaubt. Sie könnte wieder in das Wellnesshotel fahren und am Montagmorgen zurückkommen.

Die Klingel ging. Tessa schrak zusammen und drückte die Sprechanlage. Ihre Mutter.

Sie kam mit einer Dose selbstgebackener Plätzchen herein. „Wie geht es dir, Tessa? Ist es gut gelaufen bei deinem Gespräch in der Firma?"

Tessa sah ihre Mutter überrascht an. „Du weißt davon?"

„Natürlich, ich habe mit Susanne gesprochen."

„Was hast du?" Tessa schrie auf. „Mama, das geht doch nicht! Du kannst doch nicht in solch einer Situation mit Toms Mutter über mich sprechen. Deshalb war das heute so ein Desaster!" Sie sprang auf und lief erregt im Zimmer umher.

„Aber ich wollte dir doch nur helfen?", sagte ihre Mutter völlig perplex.

„Du solltest dich da raushalten, Mama", fauchte Tessa wütend. „Ich bin erwachsen. Ich werde allein fertig. Frau Jorges vertritt mich, die regelt das schon."

„Wenn du gleich mit einer Anwältin aufkreuzt, ist es doch wohl klar, dass Toms Eltern nicht begeistert sind", warf Tessas Mutter ein und konnte sich einen Tadel nicht verkneifen. „Das war nicht sonderlich klug, Tessa."

„Mama, was ich mache, geht dich nichts an! Verstanden!" Tessa hatte die Hände in die Hüften gestützt und funkelte ihre Mutter wütend an. „Tom hat Schluss gemacht und wenn ich deshalb meinen Job verliere, will ich dafür einen Ausgleich."

„Die Mannsens sind doch unsere Freunde."

„Haha, schöne Freunde", spöttelte Tessa. „Sie wollen mich fertigmachen."

Frau Mattis seufzte. „Ach Tessa, das kann ich mir wirklich nicht vorstellen."

„Lass das Frau Jorges machen, sie kann das besser, Mama, bitte!", sagte Tessa und fuhr ohne Übergang fort: „Möchtest du einen Tee? Dann probieren wir gleich deine Plätzchen."

„Das ist doch ein Wort", sagte ihre Mutter. „Du wirst sehen, in den nächsten Tagen klärt sich alles. Vielleicht überlegt Tom es sich ja noch."

„Hast du etwa mit Tom auch gesprochen", fragte Tessa alarmiert.

„Nein, natürlich nicht, aber es könnte doch sein", sagte sie.

„Ich will Tom nicht mehr. Es ist aus. Endgültig", sagte Tessa und verschwand in der Küche, damit ihre Mutter ihre letzten Worte nicht kommentieren konnte.

\*\*\*

Der Samstagmorgen war so verregnet, dass Tessa gegen zehn Uhr erneut ins Hallenbad fuhr und dort ihre Runden zog. Sie war schon fast eine Stunde geschwommen, als sie plötzlich erschrocken untertauchte.

Verdammt. Ben. Warum musste er immer dort auftauchen, wo sie gerade war?

Er hatte sie schneller erblickt, als ihr lieb war, und sprang mit einem Kopfsprung ins Wasser. Tessa schwamm, als hätte sie ihn nicht gesehen. Doch Ben schien es genauso zu machen. Er schwamm seine Runden, ohne sie auch nur eines Blickes zu würdigen. Er kraulte, nein er pflügte durch das Becken wie ein

Bauer, der sein Land noch an diesem Tag fertig haben wollte. Kein Blick vom ihm, keine Geste, dass er sie kannte.

Wütend verließ Tessa das Wasser. Er konnte ihr gestohlen bleiben. Dieser Macho, dieser Idiot. Was bildete sich dieser Typ eigentlich ein? Gut, dass sie die Postkarte mit dem *Warum?* nicht beachtet hatte. Sie schnappte sich ihren Bademantel, den sie auf einer Bank am Beckenrand abgelegt hatte, und verschwand.

Erst in der Kabine ließ sie ihren Tränen freien Lauf. Er hatte sie nicht einmal angesehen, dabei war sie sicher, dass sie in ihrem Schwimmanzug eine gute Figur hatte.

Tessa zog sich langsam an. Zum ersten Mal gestand sie sich ein, dass sie in Ben verliebt war. Seine Nichtachtung hatte sie zutiefst getroffen. Viel mehr als seine Bemühungen, mit ihr ins Gespräch zu kommen.

Vielleicht hätte sie ihn doch anrufen sollen, nachdem sie seine Karte bekommen hatte?

Tessa wischte sich die Tränen ab und seufzte. Was sollte sie denn jetzt tun? Seit Tagen dachte sie nur noch an Ben, eigentlich seit er sie aus dem Schneechaos gerettet hatte.

Tessa trocknete ihr Haar und sah aus dem Fenster. Es regnete noch immer in Strömen. Nach kurzem Überlegen entschloss sie sich, die Snackbar des Bades aufzusuchen und dort ihr Frühstück einzunehmen.

Sie hatte sich gerade ihr Tablett gefüllt, als Ben erschien.

Tessas Hände zitterten plötzlich heftig und sie griff so hastig nach ihrem Tablett, dass die Kaffeetasse ins Rutschen kam. Sie wollte sie festhalten, löste eine Hand vom Tablett und das Chaos war perfekt. Es schepperte und krachte und Tessa wäre am liebsten im Boden versunken.

Zu ihren Füßen lag das Frühstück, bunt gemischt mit zerbrochenem Geschirr und übergossen von dem Kaffee, den sie eigentlich hatte retten wollen. Hastig bückte sie sich, schnappte das Tablett, das seitlich unter einem Tisch gelandet war, und begann die Scherben aufzusammeln.

„Das Tablett gehört auf den Tisch, nicht darunter", zischte Ben leise, nahm grinsend seins, machte einen Bogen um sie und das Chaos, wählte ganz in der Nähe einen Tisch und begann in aller Ruhe mit seinem Frühstück.

Die Bedienung kam mit einem Putzeimer und half ihr, das Malheur zu beseitigen. Tessa war der Appetit vergangen. Als der Boden wieder sauber war, schnappte sie sich ihre Tasche und stürmte davon.

# 12. Kapitel

Tessa hatte sich in ihr Auto gesetzt. Sie war völlig am Ende. Bens hämisches Grinsen hatte ihr gezeigt, dass er es geradezu genossen hatte, sie in diesem Chaos zu sehen. Erschöpft legte sie den Kopf auf das Lenkrad und ließ den Tränen freien Lauf. Alles in ihrem Leben lief schief. Wahrscheinlich würde sie am Montag ihre Kündigung von Mannsen & Brauer bekommen und gleich darauf die Absage der Firma in Korbach.

Leise öffnete sich die Beifahrertür und Ben setzte sich neben sie.

Tessa hob ihr tränenüberströmtes Gesicht. „Willst du dich jetzt lustig machen, über die dumme Pute, die nicht einmal ein Tablett transportieren kann? Nur zu!", sagte sie schluchzend. „Jetzt ist sowieso alles egal. Mein ganzes Leben ist ein einziges Chaos, seit ich bei dir im Schnee gelandet bin."

Ihre Schultern bebten und Ben reichte ihr ein Taschentuch. „Ich hab noch eins von dir zu Hause", sagte Tessa und schnäuzte sich heftig.

Ben zog sie an sich und strich ihr wortlos übers Haar, bis sie sich beruhigt hatte. „Warum hast du nicht auf meine Karte geantwortet?"

Tessa zuckte die Schultern. „Ich weiß es nicht, es ist alles so kompliziert."

Sein Geruch war so tröstlich. Nur ein paar Minuten wollte sie so an seiner Brust ausruhen.

Doch Ben schob sie wütend ein Stück von sich ab. „Was ist denn daran kompliziert, wenn man jemanden eine Erklärung gibt?"

Tessa schniefte. „Ich, es ...", begann sie und plötzlich sprudelte es aus ihr heraus, alles was sie auf der Seele hatte. Die verlorene Stelle, die Angst ohne Arbeit zu sein, der Ärger darüber, dass Tom ausgerechnet mit ihrer besten Freundin zusammen war, und zum Schluss sagte sie: „Und alles nur, weil ich im Sauerland war."

„Wie schön, dass du schon einen Sündenbock entdeckt hast", konterte Ben aufgebracht und öffnete die Tür. „Vielleicht solltest du mal dein Verhalten überprüfen, anstatt andere zu beschuldigen." Er stieg aus und lief zu seinem Auto.

Tessa sah ihm geschockt hinterher. So hatte sie das doch gar nicht gemeint! Verflixt, sie machte aber auch alles falsch!

Sie riss die Tür auf und lief ihm nach, da brauste er schon mit aufheulendem Motor davon. Deprimiert stand Tessa im strömenden Regen und sah ihm nach. Langsam, mit hängenden Schultern ging sie zurück zu ihrem Auto. Das war's dann wohl!

Pitschnass setzte sie sich wieder hinters Steuer. Da lag sein Taschentuch. Sie nahm es zur Hand und wischte sich durchs Gesicht, denn zu dem Regen kamen nun erneut die Tränen. Ein schwacher Duft seines Herrenparfüms hing an dem Tuch.

Es dauerte eine Weile, bis sie endlich den Wagen startete. Bestimmt war Ben noch in seinem Hotel.

Zum Glück fand sie ganz in der Nähe einen Parkplatz. Sie lief am Portier vorbei die Treppe hoch. Bens Zimmer lag im zweiten Stock. Mit klopfendem Herzen, völlig außer Atem stand sie vor der Tür. Sollte sie anklopfen oder einfach reingehen? Tessa entschied sich für Letzteres.

Leise öffnete sie die Tür und blickte in die überraschten Augen eines Zimmermädchens, dessen nasse Bluse aufgeknöpft war und einen weißen Spitzen-BH hervorblitzen ließ. Tessa starrte die Frau an. Hatte sie etwa in ihren Klamotten geduscht? Sie musste sich im Zimmer geirrt haben! Doch im selben Moment erschien Ben in ihrem Blickfeld. Freier Oberkörper und ein verdutztes Gesicht.

Oh, Gott! Ihr blieb auch nichts erspart. Tessa drehte sich um und ging langsam davon.

„Tessa, warte!" Bens Stimme erklang und sie huschte schnell in den Fahrstuhl, dessen Tür sich gerade öffnete.

Ohne sich um die anderen Gäste zu kümmern, spurtete sie aus dem Hotel, sprang in ihren Wagen und brauste davon.

Nie wieder Ben! Schwor sie sich beim nach Hause fahren.

Er war genau der Macho, den sie in ihm gesehen hatte. Sex mit dem Zimmermädchen! Genauso hatte sie ihn eingeschätzt. Wer so gut aussah, konnte sich wohl alles erlauben! Gut, dass sie den feinen Herrn Professor endlich kannte.

Kaum zu Hause stürmte Tessa in ihre Wohnung und vergrub sich in ihrem Bett. Die Klingel schreckte sie schon nach einer halben Stunde auf. Leise schlich sie zur Tür und blickte durch den Spion. Ben. Mit einem Rosenstrauß. Das sprichwörtliche schlechte Gewissen.

Sie riss die Tür auf und fauchte: „Verschwinde, ich will dich nie wieder sehen!" Dann schlug sie die Tür wieder zu.

„Tessa, du hast das völlig falsch verstanden!" Ben klopfte wie wild an die Tür. „Mach auf. Sofort!"

Tessa lehnte neben der Tür an der Wand und die Tränen liefen ihr über das Gesicht und ließen sich nicht stoppen.

„Tessa, bitte. Hör mich wenigstens an." Bens Stimme war leise geworden und dann war es plötzlich still.

Vorsichtig lugte Tessa durch den Spion. Ben war weg. Tessa rutschte mit dem Rücken an der Tür hinunter und setzte sich wie ein Häufchen Elend davor, stützte den Kopf in die Hände und überließ sich ihrem Schmerz.

\*\*\*

Sie wusste nicht, wie lange sie so gesessen hatte. Irgendwann am Nachmittag stand sie auf und öffnete leise die Tür. Ben hatte den Rosenstrauß auf der Matte liegengelassen.

Verärgert nahm sie ihn an sich und wollte ihn gleich in den Müll werfen, dann sah sie die Karte. „Manchmal passieren Dinge, die man nicht will, Missgeschicke, die von anderen falsch interpretiert werden. Nur wenn man darüber spricht, kann man sie richtig einordnen. Ich möchte es dir erklären. Gibst du mir eine Chance? Ben"

Tessa überlegte. Was meinte er damit? Sollte sie ihn einfach fragen? Er hatte seine Handynummer angegeben. Sollte sie ihn anrufen? Jetzt gleich?

Sie sah nach draußen. Es regnete immer noch und war bereits fünfzehn Uhr.

Tessa schminkte sich, kämmte ihr schulterlanges Haar durch und zog sich Jeans und ihren Lieblingspulli an.

Diesmal war vor dem Hotel alles zugeparkt und sie stellte ihr Auto drei Straßen weiter ab. Erst als sie ausstieg, merkte sie, dass sie ihren Regenschirm nicht dabeihatte. Na toll!

Sie lief so schnell sie konnte, doch der Regen war so heftig, dass sie sich vorkam wie eine nasse Katze, als sie beim Hotel ankam. Ein Blick in ihren Taschenspiegel zeigte ihr zudem ein völlig verlaufenes Augen-Makeup, das sich in dunklen Streifen über ihre Wangen zog. Hastig wischte sie mit einem Papiertaschentuch alles ab. Sollte sie etwa so zu Ben gehen? Mit nassen Haaren und ganz ohne Make-up? Niemals.

Tessa wollte kehrtmachen, als der Portier sie ansprach: „Suchen Sie jemanden?"

„Ja. Herrn Vorderbaum. Ist er noch da?"

Der Portier drehte sich um und sah zu den Zimmerschlüsseln hinüber, die hinter ihm an der Wand hingen. „Er ist leider außer Haus."

„Danke, dann komme ich ein anderes Mal wieder." Tessa drehte sich um und ging zum Ausgang, just in diesem Moment glitt die Tür auseinander und Ben kam herein. „Tessa."

Sein Ausdruck war ernst aber nicht abweisend und Tessa blieb stehen. Ben nahm den Schlüssel vom Portier entgegen, fasste nach ihrer Hand und zog sie wortlos mit sich zum Fahrstuhl. Mit verkniffenem Gesicht stand er neben ihr und hielt ihre Hand fest umklammert.

„Du wolltest mir was erklären!"

„Jetzt nicht, später", sagte Ben leise. Der Fahrstuhl stoppte und er zog sie mit in sein Zimmer und riss sie in seine Arme.

Sein Kuss war hart und verzweifelt und Tessa wollte ihn von sich stoßen, aber sie konnte es nicht, und erwiderte den Kuss ebenso verzweifelt.

Plötzlich ließ er sie los und starrte sie wutverzerrt an. „Was willst du von mir?", stieß er atemlos hervor. „Vorwürfe kannst du dir sparen, ich hatte kein Interesse an dem Zimmermädchen."

„Hab ich euch gestört?" Kaum dass die Worte herauswaren, wusste Tessa, dass sie schon wieder alles falsch machte.

„Raus, raus hier", brüllte Ben und riss mit wutverzerrtem Gesicht die Tür auf.

Tessa sah ihn geschockt an. Sein zorniges Gesicht, den Schweiß auf seiner Stirn und diesen Blick, den er ihr entgegenschleuderte, mit einer Mischung aus Wut und Verzweiflung.

Zum ersten Mal, seit sie ihn kannte, wusste sie mit absoluter Sicherheit, wenn sie jetzt ginge, wäre es aus. Für immer.

Ihr Herz klopfte heftig. Sie schüttelte den Kopf und sagte: „Manchmal passieren Dinge, die man nicht will, Missgeschicke, die von anderen falsch interpretiert werden." Sie trat auf ihn zu und streichelte mit beiden Händen sein Gesicht. „Mach die Tür zu Ben, bitte!"

Mit skeptischem Gesicht schloss er die Tür.

Tessa drückte ihn dagegen und küsste ihn. Er versteifte sich und sie rückte wieder von ihm ab. Dann zog sie ihn an der Hand mit zu dem Bett am Ende des Raumes und setzte sich darauf.

„Was wird das jetzt?", fragte Ben lauernd und blieb vor ihr stehen. „Ich hab keine Zeit für Spielchen, Tessa!"

„Ich möchte dir etwas erzählen", sagte Tessa und bei diesen Worten klopfte ihr Herz noch mehr als vorher. Hoffentlich hörte er ihr zu!

„Da bin ich aber gespannt", sagte Ben und lief aufgeregt im Zimmer umher. „Mach's kurz. Ich muss weg!"

„Vor zwei Wochen war ich im Sauerland und rutschte mit meinem Auto einen Hang hinunter ..."

„Ich weiß", fuhr Ben verärgert dazwischen. „Du hast dich benommen wie eine Idiotin und bist gleich wieder in den Schneesturm hinausgelaufen, vor lauter Angst." Er zeigte mit zornigem Blick auf seine Brust. „Angst vor mir, als wenn ich ein Unmensch wäre." Er holte tief Luft und setzte mit grimmigem Gesicht hinzu: „Hätte ich dich nur nie gesehen."

Tessa wurde rot und senkte den Kopf. Sie blickte auf ihre Hände und sprach einfach weiter: „Du hast recht, aber seit ich da war, kann ich den Mann nicht vergessen, den ich dort kennengelernt habe. Ich träume von seinen Armen, die mich getragen haben, und von seinem Kuss im Schnee, von seinen Augen, die so dunkel sind wie Bitterschokolade."

Ben stoppte seinen Marsch durchs Zimmer und sah sie an. Tessa hob den Kopf und merkte, dass der zornige Ausdruck einem anderen gewichen war, überrascht, skeptisch, verärgert, einfach alles durcheinander, aber nicht mehr so unfreundlich.

„Oh, wie schön für dich. Ich höre", erklärte er spöttisch und setzte seinen Marsch fort.

Tessa zuckte die Schultern und senkte wieder den Kopf auf ihre Hände. „Ich habe mich verliebt", erklärte sie mit gesenktem Kopf. „In einen Mann, der wunderbar tanzen kann, der perfekt in seinem Job und dazu unheimlich sportlich ist. Nur leider sieht er viel zu gut aus, und ich weiß einfach nicht, wie ich mit halbnackten Zimmermädchen umgehen soll."

Jetzt lachte Ben. „Ich wusste gar nicht, dass du Humor hast." Er stellte sich vor sie hin und ergriff ihre beiden Hände.

„Das Zimmermädchen war leider ein Objekt meiner Eile und Wut", sagte er leise. „Die Frau war bei der Arbeit und wollte gerade das Zimmer wischen, als ich hereingestürmt kam, und sie mitsamt dem Putzeimer umgestoßen habe."

„Du hast was?" Tessa stand auf und sah ihn ungläubig an.

„Ich habe sie umgerannt", erklärte er. „Wir sind beide auf der Erde gelandet, aber das Meiste hat sie abgekriegt. Ich hatte gerade mein Hemd ausgezogen und sie wollte ihre klatschnasse Bluse ausziehen und sich ein Handtuch überhängen. Dann kamst du."

Jetzt musste auch Tessa lachen. „Hattest du es so eilig?"

Ben holte tief Luft und zuckte unschlüssig die Schultern. Sie blickte in seine dunklen Augen, die jetzt wie unergründliche Seen bei Nacht wirkten, stand auf und küsste ihn ganz sanft.

Ben schob sie erneut von sich und sagte schwer atmend: „Tessa, bitte. Mit uns, das ist ... Es geht nicht, es ... Lass es einfach." Er holte tief Luft und entfernte sich ein paar Schritte von ihr und rang die Hände. Sekundenlang blickte er sie schweigsam an.

„Tessa, ich muss jetzt endlich packen", sagte er dann. „Ich sollte das Zimmer eigentlich schon bis Mittag geräumt haben."

Tessa sah ihn an und nickte. „Ich geh dann mal." Doch sie rührte sich nicht vom Fleck, sondern sah ihn nur traurig an.

Ben ging an den Schrank, holte den Koffer hervor, warf alles hinein und schloss den Koffer wieder. Dann rannte er ins Bad holte seine Kulturtasche und steckte sie ebenfalls noch in den Koffer.

Es hatte nur fünf Minuten gedauert, als er plötzlich aufsah und erstaunt feststellte: „Du hast ja ganz nasse Haare."

„Es regnet draußen", sagte Tessa.

Ben lief ins Bad und holte ein Handtuch. „Hier, sonst bist du morgen krank."

„Das ist jetzt auch egal", sagte sie und ließ das Handtuch einfach zu Boden fallen.

Ben schüttelte unmutig den Kopf und hob es auf. „Du bringst mich zum Wahnsinn!" Ungeschickt legte er ihr das Handtuch um den Kopf und rubbelte ihr Haar trocken.

Urplötzlich ließ er das Tuch fallen, küsste sie auf die Wange und sagte: „Leb wohl, Tessa." Er schnappte sich seinen Koffer und verließ das Zimmer.

Es dauerte einige Sekunden bis Tessa registriert hatte, dass er einfach gegangen war. Langsam schlich sie davon. Sie weinte nicht mehr. Eine entsetzliche Leere breitete sich in ihr aus und das ganze Leben erschien ihr sinnlos.

***

Tessa hatte den Rest des Nachmittags im Bett verbracht. Sie konnte nicht lesen, sie konnte nichts essen, ihre Gedanken kreisten nur um Ben.

Tom fiel ihr ein. Sie war wütend und verletzt gewesen, als er Schluss gemacht hatte, aber es tat nicht so weh wie jetzt. Musste sie erst einen Unfall im Schnee haben, um zu erkennen, dass ihre Liebe zu Tom nicht ausreichte? Wahrscheinlich. Das mit Tom war nur Verliebtheit gewesen, darum war ihre Beziehung in die Krise geraten. Es war nicht Toms Schuld, auch nicht ihre, es musste so kommen, unweigerlich.

Mit aller Klarheit stellte Tessa fest, dass es sich mit Ben völlig anders verhielt. Warum hatte sie vorher nicht gemerkt, dass sie ihn liebte?

Gegen Abend rief ihre Mutter an und lud sie zum Adventskaffee für den nächsten Tag ein. Tessa wurde jetzt so richtig bewusst, dass in zehn Tagen Weihnachten war. Niemals würde sie die Tage bei ihren Eltern verbringen. Nicht nach all diesen schrecklichen Ereignissen. Sie musste endlich den Urlaub buchen.

Sofort setzte sie sich ans Internet. Das Wellnesshotel, in dem Tessa vor zwei Wochen gewohnt hatte, war komplett ausgebucht und auch rundum war kein Hotelbett mehr frei.

Sie suchte lange und fand endlich ein Übernachtungsangebot in einem kleinen Ort etwas entfernt vom großen Trubel. Dann würde sie eben mit dem Auto jeden Tag die zwei bis drei Kilometer zum Lift fahren müssen. Und Langlaufloipen gab es hinterm Hotel.

Tessa buchte und anschließend ging sie in den Keller, um ihre Skier zu überprüfen. Es war alles in Ordnung und endlich stellte sich bei ihr so etwas wie

Zufriedenheit ein. Wenigstens musste sie nicht am Weihnachtsabend hier in der Kirche stehen und die mitleidigen Gesichter ihrer Bekannten ansehen, die von ihrem Bruch mit Tom gehört hatten.

# 13. Kapitel

Die Firma aus Korbach meldete sich und der Chef persönlich teilte ihr mit, dass sie die Stelle bekommen hatte, und wenn möglich bereits zum ersten Februar anfangen sollte. Natürlich sagte Tessa sofort zu.

Auch die Sache mit Mannsen & Brauer regelte sich an diesem Montag zu Tessas Zufriedenheit. Das neue Angebot der Firma war so gut, dass Tessa gemeinsam mit ihrer Anwältin entschied, den Aufhebungsvertrag anzunehmen. Herr Mannsen hatte eingewilligt, Tessa das dreizehnte Monatsgehalt, eine Abfindung und den Lohn bis Ende Januar zu bezahlen. Tessa hatte bis zum Ende der Beschäftigungszeit Urlaub und konnte sich um eine Wohnung in der Nähe ihrer neuen Arbeitsstelle kümmern.

Frau Jorges, die Anwältin, hatte es eilig und war zu einem weiteren Termin geeilt, während Tessa langsam und nachdenklich dem Ausgang zustrebte.

Jetzt zur Weihnachtszeit hatte Herr Mannsen direkt vor dem Haus einen riesigen Tannenbaum aufstellen lassen, der über und über mit elektrischen Kerzen bestückt war. Auch im Eingangsbereich stand eine Tanne, die mit roten und silbernen Kugeln und vielen Kerzen geschmückt war, die sogar jetzt am Tag brannten. Traurig stand Tessa nun davor und blickte zur Spitze hinauf, die aus einem großen, silbernen Stern bestand, und von ihr persönlich ausgesucht worden war.

Fast fünf Jahre hatte sie hier in diesem großen Gebäude gearbeitet und sich sehr wohl gefühlt. Trotz des guten Vertrages überfiel sie eine wehmütige Stimmung. Als sie fast am Ausgang angekommen war, öffnete sich eine Tür und Tom kam heraus.

Tessa wollte wortlos an ihm vorbei, doch Tom hielt sie zurück: „Hast du einen Moment Zeit, Tessa?"

„Freust du dich, dass du mich los bist?" Tessa sah ihn provozierend an.

„Tessa, es tut mir leid ..."

„Was? Dass du mit meiner besten Freundin schläfst oder dass du mich aus der Firma gedrängt hast?", unterbrach ihn Tessa verärgert.

„So war das doch gar nicht", protestierte Tom. „Ich hab einfach gemerkt, dass das zwischen uns vorbei war."

„Schön, dass du es gemerkt hast", sagte Tessa spöttisch. „Aber eines würde mich echt interessieren: Warum hast du dich dann so aufgeregt, als ich mit dem Professor getanzt habe?"

„Das fragst du noch?" Tom sah sie empört an. „Wo du mich vor all meinen Bekannten blamiert hast!"

„Das ist natürlich etwas anderes", antwortete Tessa spöttisch. „Dagegen ist es ja geradezu eine Kleinigkeit, dass du mich mit meiner besten Freundin betrügst."

„Das sagst ausgerechnet du, dass ich nicht lache!", höhnte Tom.

„Viel Vergnügen mit Anke", sagte Tessa und fügte spöttisch hinzu: „Danke, dass du dich für meine Entlassung eingesetzt hast."

„Ich wollte dir den Abschied so leicht wie möglich machen." Tom grinste und wollte noch etwas hinzusetzen, aber Tessa unterbrach ihn harsch: „Hast du aber nicht, Arschloch!"

Tessa lief davon und hielt erst inne, als sie an ihrem Wagen stand. Puh, warum musste ihr ausgerechnet Tom über den Weg laufen? Egal. Aus und vorbei.

Ganz plötzlich fühlte Tessa sich frei.

Frei von Tom, frei von der Arbeit, und in ihrem Herzen kehrte langsam wieder Ruhe ein. Wäre da nur nicht diese Sehnsucht nach Ben gewesen. Ob sie ihn jemals wiedersehen würde?

\*\*\*

Kaltes Frostwetter ließ am Dienstag endlich auch bei Tessa etwas weihnachtliche Stimmung aufkommen. Sie machte am Abend mit ihrer Mutter einen Bummel über den Weihnachtsmarkt und genoss den Glühwein im Lichterglanz, und natürlich durften auch diesmal die gebrannten Mandeln nicht fehlen.

Die beruflichen Schwierigkeiten waren größtenteils gemeistert und Tessa freute sich auf ihren Urlaub im Schnee. Sie packte am Mittwochmorgen die Koffer, lud ihre Skier ein und machte sich zu der Pension auf, in der sie gebucht hatte. Je näher sie dem kleinen Dorf kam, umso mehr hatte sie das Gefühl, schon einmal dort gewesen zu sein. Und richtig.

Als sie die Landstraße entlangfuhr, kam sie genau an der Stelle vorbei, an der sie Anfang Advent von der Straße abgekommen war.

Tessa stoppte und stieg aus.

Es war früher Nachmittag und die Sonne stand tief. Der Schnee glitzerte und das Bild war perfekt. Tessa machte ein Foto mit ihrem Handy und schickte es ihrer

Mutter. Verträumt stand sie eine Zeitlang am Straßenrand und blickte über die verschneite Landschaft.

Gleich hinter dem Hügel musste Bens Haus liegen. Ihr Herz zog sich schmerzhaft zusammen, als sie daran dachte. Und wieder musste sie an Bens Gesicht denken, als er sich von ihr verabschiedet hatte. „Mit uns, das geht nicht", hatte er gesagt. Seufzend stieg sie wieder ein und fuhr langsam weiter.

Ihr kleines Hotel lag knapp zwei Kilometer entfernt, mitten in einem Dorf ganz in der Nähe der Kirche. Das Hotel verfügte nur über zehn Zimmer, umso herzlicher war der Empfang.

Die Besitzerin, Frau Konrad, begrüßte Tessa wie eine alte Bekannte und gab ihr gleich Tipps, wo sie sofort mit dem Langlauf beginnen konnte. Mit dem Speiseplan der Woche übergab sie Tessa auch ein Informationsblatt über einen Shuttlebus, der die Urlauber jeden Morgen zur Piste brachte und am Abend wieder abholte. Tessas Zimmer war hübsch und geräumig, zu ihrer Überraschung verfügte es nicht nur über eine hochmoderne Nasszelle sondern auch über einen WLan-Anschluss. Im Hotelflyer las sie, dass das Hotel vor zwei Jahren renoviert worden war, und das konnte man sehen. Obwohl das Gebäude alt war, hatte man im Innern alles auf den neuesten Stand gebracht.

\*\*\*

Tessa ließ sich nicht viel Zeit zum Auspacken, sondern zog sich gleich ihren Skianzug an, um noch vor der Dunkelheit den Ort zu erkunden.

Langsam ging sie die Dorfstraße entlang.

Es waren allerhand Leute unterwegs, einige Urlauber, aber hauptsächlich Einheimische, alle grüßten freundlich und Tessa fühlte sich fast wie zu Hause.

Es gab einen kleinen Supermarkt, in dem auch die Poststelle untergebracht war. Tessa ging hinein und kaufte sich ihre Lieblingsschokolade, Zartbitter mit Nuss, denn sie liebte es, vor dem Einschlafen noch zu naschen. Auch einige Weihnachtskarten nahm sie mit und verstaute alles in der Innentasche ihres Skianzuges.

Es war siebzehn Uhr, als sie den Laden verließ und die Straßenlaternen waren schon an. An vielen Häusern hatten die Besitzer Lichterketten aufgehängt und die Straße schimmerte in weihnachtlichem Glanz.

Langsam ging Tessa auf die Kirche zu. Sie öffnete die schwere, hölzerne Tür und betrat das Gotteshaus. Die Orgel spielte und es war fast vollständig dunkel, nur hinten neben dem Altar brannte Licht. Wahrscheinlich probte der Organist für die Weihnachtstage.

Tessa ging langsam durch den Mittelgang bis zum Altar, der beidseitig von hohen Tannen eingerahmt war. Die elektrischen Kerzen waren nicht an, aber trotz des schwachen Lichtes konnte Tessa den Schmuck aus tellergroßen Strohsternen erkennen, und das schwache Licht, das von der Krippe herüberschimmerte, ließ sie wunderschön aussehen.

An der rechten Seite neben dem Altar in einer zurückliegenden Nische war die Krippe aufgebaut. Ein helles Licht unter der Decke beleuchtete die Figuren, damit die Besucher sie gut betrachten konnten. Es waren etwa einen Meter große, holzgeschnitzte Figuren, die mit prächtigen, bestickten Gewändern aus buntem Samt, Filz und teilweise glänzendem Taft ausgestattet waren. Besonders schön fand Tessa das Kleid der Maria. Es war aus leuchtendblauem Samt und wurde durch einen Überwurf mit Kapuze ergänzt, der etwas dunkler in der Farbe und mit vielen goldgelben Sternen bestickt war. Josef trug einen braunen Hut mit überbreiter Krempe in hellbeige und sein Mantel war aus dunkelbraunem Samt. Das Jesuskind lag in einer hölzernen Krippe und war in weiße Windeln gewickelt. Rund um die drei waren Schafe, Ziegen, Hirten und Bauern auf weichem Moos angeordnet.

Fasziniert betrachtete Tessa die so aufwendig gearbeitete Krippe und setzte sich auf die Bank, die genau davor stand. Sie lauschte der Orgel und in ihr Herz kehrte zum ersten Mal seit Wochen Ruhe und weihnachtliche Stimmung ein. Sie kannte fast alle Lieder auswendig und genoss es, sie nun wieder zu hören. Der Organist hatte schon viele Lieder gespielt und nun stimmte er das bekannteste Weihnachtslied an. Tessa liebte dieses Lied und begann laut und deutlich zu singen: „Stille Nacht, heilige Nacht, alles schläft, einsam wacht ...“

Tessa hatte während ihrer Schulzeit jahrelang im Chor gesungen und auch später noch einige Jahre, bis ihr Studium ihr keine Zeit mehr dafür gelassen hatte. Sie hatte eine klare, frische Sopranstimme und die gute Akustik in der kleinen Kirche hob ihre Stimme zur Orgel empor. Urplötzlich erstarb die Orgelmusik.

Erschrocken hielt Tessa mitten im Lied inne und sah hinauf. Niemand zu sehen. Eilige Schritte erklangen und an der anderen Seite kam jemand aus einer Tür.

Sicher war es der Organist. Hoffentlich war er nicht verärgert, dass sie ihn gestört hatte.

Tessa blinzelte, denn da sie im Licht vor der Krippe saß und der hintere Teil der Kirche nicht beleuchtet war, konnte sie kaum etwas erkennen. Schemenhaft sah sie einen Mann in einem dunklen Mantel auf sich zukommen.

„Entschuldigen Sie, ich wollte Sie nicht stören", rief Tessa und stand auf. „Sie haben so wunderbar gespielt."

Der Mann blieb abrupt mitten vor dem Altar stehen. „Tessa?"

Tessa wurde bleich, Schwindel erfasste sie und sie sank zurück auf die Bank. Das konnte doch nicht wahr sein! Ihr Herz klopfte zum Zerspringen und sie krallte ihre Hände fest in den Sitz der Bank, um nicht umzukippen. Nun rächte es sich, dass sie seit drei Tagen kaum etwas gegessen hatte. Schwarze Punkte schwammen vor ihren Augen und plötzlich versank alles in einem dunklen Nebel.

***

Ein Duft nach Aftershave wecke sie aus ihrer kurzen Ohnmacht.

„Um Gottes Willen, Tessa." Bens Stimme holte sie in die Realität zurück.

„Ben, wo kommst du denn her?", stieß Tessa leise hervor und setzte sich auf.

Ben beantwortete ihre Frage nicht, sondern erkundigte sich besorgt: „Geht es dir gut? Oder soll ich einen Arzt rufen?"

„Keinen Arzt, bitte. Mir war nur etwas schwindlig", sagte Tessa. „Es wird schon wieder besser." Sie holte tief Luft, denn ihr Herz pochte noch immer heftig. „Ich glaube, ich hab zu wenig gegessen." Wenn sie ehrlich war, hatte sie außer einem Müsliriegel am Morgen noch gar nichts gegessen, aber das musste Ben nicht wissen.

„Komm, ich lade dich ein", sagte Ben.

„Lass uns noch ein wenig so sitzen bleiben, Ben, bitte", flüsterte Tessa. „Es ist so friedlich hier."

Ben sah sie prüfend an. „Du bist unheimlich blass. Bist du sicher, dass es dir gut geht?"

Tessa nickte wortlos. Es war so schön, ihn neben sich zu haben. Ben legte ihr den Arm um und sie betrachteten schweigend die Krippe.

Plötzlich stand er auf und zog sie hoch. „Komm, du musst was essen."

Ben fasste sie an die Hand und sie verließen gemeinsam die Kirche.

Wie eine kalte Dusche schlug ihnen die frostige Abendluft entgegen. Doch die frische Luft tat gut und Tessa fühlte sich gleich besser.

„Wenn ich Orgel spiele, esse ich immer bei Konrads", sagte Ben und zog Tessa an der Hand mit sich.

„Du hast die Orgel gespielt?" Tessa sah ihn erstaunt an.

„Der Kantor hat es mir beigebracht", erklärte Ben knapp und hielt ihre Hand mit festem Griff.

Tessa antwortete nicht und genoss es, mit Ben die verschneite Straße entlangzugehen.

Sie hatten das Hotel erreicht.

„Ben, wie schön, dass du unseren neuen Gast gleich mitgebracht hast", empfing Frau Konrad sie, und wandte sich mit einem Augenzwinkern an Tessa: „Ben ist der beste Orgelspieler weit und breit."

Ben lachte nur darüber und fragte: „Lisa, gibt es schon Abendessen? Frau Mattis ist nämlich fast verhungert."

„Kommt gleich. Sucht euch schon mal einen Platz", antwortete Frau Konrad und verschwand in der Küche.

„Du kennst hier jeden, oder?", fragte Tessa lächelnd.

„Ich bin hier aufgewachsen", erklärte Ben kurz, denn Frau Konrad kam schon mit einer Flasche Rotwein und Gläsern zu ihrem Tisch. „Den Wein wie immer, Ben?"

Ben warf Tessa einen fragenden Blick zu, als sie nickte, sagte er: „Danke, Lisa. Bring uns doch noch zwei Wasser dazu, bitte."

Tessa lächelte. „Mein Vater trinkt auch immer Wasser zum Wein", sagte sie.

„Ein kluger Mann." Ben nickte ihr zu und schenkte den Wein ein.

Tessa hatte so viele Fragen, aber sie schwieg, weil sie so glücklich war, dass Ben bei ihr war.

Ben betrachtete sie prüfend. „Du bist dünn geworden", sagte er. „Du solltest wirklich mehr essen."

Tessa zuckte die Schultern und senkte den Blick, weil ihr die Röte ins Gesicht schoss. Was sollte sie darauf sagen? Er hatte ja recht.

„Du bist so still, stimmt etwas nicht? Ist es dir unangenehm, dass ich da bin?", sagte Ben, der wohl völlig falsche Schlüsse aus ihrer Schweigsamkeit zog.

„Nein", sagte Tessa hastig. „Ich bin froh, dass du da bist, Ben. Wirklich."

Er lächelte plötzlich, langte über den Tisch und ergriff ihre Hand. „Weißt du eigentlich, dass du wunderschöne Augen hast? So blau wie der Himmel über dem Sauerland bei Sonnenschein."

In diesem Augenblick kam Frau Konrad mit dem Essen und Ben zog seine Hand hastig zurück, doch die Wirtin hatte es wohl gesehen.

„Na also, Ben", sagte sie. „Ich wusste doch, dass du irgendwann dein Mönchsleben wieder aufgibst." Sie lächelte Tessa gewinnend zu und sagte: „Ben ist sogar Professor. Der ganze Ort ist stolz auf ihn."

„Lisa, nun mach aber mal halblang", sagte Ben vorwurfsvoll, was die Wirtin überhaupt nicht störte.

„Ich weiß, dass du es nicht gern hörst", sagte sie, wandte sich erneut an Tessa und raunte: „Wenn er am Weihnachtstag die Orgel spielt, ist die Kirche proppenvoll. Das dürfen sie nicht verpassen, Frau Mattis."

„Weihnachten sind die Kirchen immer voll", knurrte Ben unmutig und seine dunklen Augen blitzten die Wirtin verärgert an.

Tessa sah ihm an, dass er die Lobeshymnen der Wirtin wahrscheinlich schon oft gehört hatte, und deshalb nicht begeistert war. Als Frau Konrad gegangen war, fragte sie: „Wieso hat der Kantor dich Orgelspielen gelehrt?"

Ben zuckte die Schultern. „Ich hatte Klavierunterricht bei ihm und dann hat sich das so ergeben", sagte er und fügte mit einem Blick auf ihr kaum angerührtes Essen hinzu: „Iss endlich, sonst kippst du nachher wirklich um." Tessa nickte und steckte sich folgsam etwas von dem Salat in den Mund und siehe da, er schmeckte vorzüglich und auch das Risotto war sehr schmackhaft.

Sie aßen schweigend und Tessa stellte fest, dass sie einen schrecklichen Hunger gehabt hatte. Sie hatte ihren Teller fast geleert, als Ben plötzlich fragte: „Warst du das, die vorhin in der Kirche gesungen hat?"

„Ja." Tessa nahm einen Schluck Wein. „Ich habe die Krippe betrachtet und an früher gedacht, als ich noch klein war. Dann erklang das Lied und es ist ..." Sie stoppte und biss sich auf die Lippen. Sicher war Ben verärgert, dass sie seine Probe gestört hatte. „Ich wollte dich nicht stören, wirklich nicht, Ben." Sie sah ihn fast flehentlich an.

„Du hast mich nicht gestört", sagte er und griff wieder nach ihrer Hand. Ein tröstlicher Stromstoß fuhr durch ihren ganzen Körper. Er war nicht böse. Er lächelte sie jetzt sogar an.

„Du hast eine wunderschöne Stimme", sagte Ben und strich sanft mit dem Daumen über ihre Handfläche. Seine Berührung erzeugte eine warme Welle in ihrem Körper und Tessa senkte den Kopf, damit er ihre Verlegenheit nicht bemerkte. „Wir suchen noch jemand, der am Weihnachtsabend singt, du wärest genau richtig dafür."

„Ich? Vor allen Leuten?" Tessa starrte ihn an. Deshalb wollte er mit ihr Essen gehen! Er wollte sie nur ausnutzen. Das angenehme Gefühl, dass sie durchströmt hatte, war weg und sie protestierte: „Was fällt dir ein? Das kann ich nicht. Ich habe noch nie solo gesungen."

Ben ließ ihre Hand nicht los und sah sie mit seinen dunklen Augen fest an. „Auch nicht, wenn ich dich darum bitte?"

Tessa senkte den Blick, sie konnte ihm nicht in die Augen sehen, und suchte verzweifelt nach einer Antwort.

Sie liebte ihn, aber er schien sie nur für seine Zwecke zu hofieren.

Ben ließ ihre Hand los und sagte: „Dann muss ich eben weiter suchen."

„Was suchen?" Tessa sah ihn verständnislos an.

„Einen Ersatz für Marita, Lisas verheiratete Tochter", sagte Ben. „Normalerweise singt sie in der Christnacht. Sie hat Grippe und kann nicht auftreten. Du wärest ideal. Deine Stimme ist viel besser und einfach wunderschön."

„Ich habe so etwas noch nie gemacht, Ben", lenkte Tessa jetzt ein. „Wenn dir so viel daran liegt, kann ich es ja versuchen."

Sie würde singen, aber ansonsten würde sie sich ganz zurückhalten, jawohl.

Der Professor würde staunen.

Ben schüttelte den Kopf. „Du hast recht, ich kann das nicht von dir verlangen. Schließlich hast du Urlaub. Wir müssten die Lieder ja alle noch vorher üben. Unter einer Stunde am Tag geht das nicht. Ich will dir nicht deinen Urlaub kaputtmachen."

„Ich bin den ganzen Januar beurlaubt, Ben. Die paar Tage machen mir nichts aus", sagte Tessa jetzt, die sich endlich wieder ganz in der Gewalt hatte. „Aber nur, wenn du mit mir nachher noch einen Spaziergang machst. Es ist so schön draußen und allein traue ich mich nicht bei der Dunkelheit."

Ben lächelte. „Wenn's nur das ist! Ich liebe Spaziergänge im Schnee."

# 14. Kapitel

Tessa ließ sich Zeit beim Essen und bestand auf einem Nachtisch. Ben hatte ihr die Herrencreme von Frau Konrad empfohlen, die Tessa nun probierte, und sie schmeckte ihr vorzüglich.

Es war schon nach acht Uhr, als sie sich endlich auf den Weg machten.

„Puh, ich bin richtig voll", sagte sie, als sie später die Dorfstraße entlangschlenderten. „Ich glaube, ich habe seit Wochen nicht so gut gegessen. Der Nachtisch war echt lecker."

Ben äußerte sich nicht dazu, sondern zog seine Mütze etwas tiefer ins Gesicht. Ein schneidender Wind war aufgekommen, der eisige Luft heranblies.

„Es gibt Schnee", sagte Ben und blickte in den schwarzen Himmel hinauf. „Die Sterne sind verschwunden."

„Mir kommt es auch viel kälter vor als vorhin", bestätigte Tessa und hängte sich wie selbstverständlich bei ihm ein.

Sie war überglücklich, dass sie ihn hier wiedergetroffen hatte.

Während sie so dahinschritten, dachte Tessa an den Moment an der Krippe. Ben schien sehr besorgt gewesen zu sein, oder war das nur gespielt gewesen, weil er unbedingt eine Sängerin brauchte? Wenn sie doch nur wüsste, was in ihm vorging? Er war manchmal so verschlossen, regelrecht ruppig, und nie wusste sie, wie sie bei ihm dran war.

Sie blickte Ben nicht an, sondern schaute zu Erde. Sie wusste einfach nicht, was sie sagen sollte und genoss es, neben ihm durch die verschneite Landschaft zu gehen.

Sie verließen die beleuchtete Dorfstraße und gingen durch dunkle Wege, an denen nur wenige Häuser standen, die sich schwarz und bedrohlich vom etwas helleren Nachthimmel abhoben. Hier war nichts zu sehen von weihnachtlicher Beleuchtung, auch die Straßenlaternen fehlten komplett. Tessa fand die Gegend unheimlich und drückte sich ganz eng an Ben. „Allein würde ich mich hier nicht hertrauen", sagte sie.

„Ich will dir nur zeigen, wo ich aufgewachsen bin", antwortete Ben und blieb wenig später vor einem schmalen Haus stehen. Tessa erschauderte, denn das Haus war offensichtlich unbewohnt.

„Hier haben wir gewohnt, bis meine Mutter gestorben ist", sagte Ben. „Es war die schönste Zeit meines Lebens."

„Deine Mutter ist tot? Oh, Ben, das ist ja entsetzlich."

„Ist schon lange her. Ich war damals zehn."

„Gerade deshalb hat es dich sicher sehr getroffen", sagte Tessa mitfühlend.

„Stimmt", gab er jetzt zu. „Ich war völlig von der Rolle und der Kantor, bei dem ich damals Klavierunterricht hatte, wollte mich aufmuntern. Deshalb hat er mir das Orgelspiel beigebracht."

„Du spielst sehr gut", lobte Tessa.

„Es geht", wiegelte Ben ab. „Schon ein Jahr nach dem Tod meiner Mutter hat mein Vater wieder geheiratet und wir sind nach Korbach gezogen. Vaters neue Frau wollte nicht in so einem kleinen Dorf leben."

„Das war sicher schlimm für dich", sagte Tessa, die sich gut vorstellen konnte, dass es für den zehnjährigen

Jungen unendlich schwer gewesen sein musste, die Mutter und auch noch das Zuhause zu verlieren.

„Und wie", gestand Ben. „Ich habe getobt und bin mehrmals ausgerissen, bis mein Vater die Geduld verloren hat, und mich in einem Internat angemeldet hat."

„Das tut mir leid, Ben."

„Muss es nicht", sagte Ben. „Das Internat war das Beste was mir passieren konnte. Anfangs war ich wütend, aber dort gab es eine Kapelle mit einer Orgel. Die Nonne, die die Orgel spielte, unterrichtete mich weiter. Das Orgelspiel hat mich auf andere Gedanken gebracht. Ich habe gedacht, wenn ich die Orgel spiele, hört meine Mutter zu ..." Ben brach ab und sprach nicht weiter, fast so als schäme er sich für seine Aussage.

„Ich bin sicher, dass deine Mutter immer zuhört, wenn du spielst, Ben, auch heute noch", sagte Tessa leise. Ben gab ihr keine Antwort darauf und zuckte nur die Schultern.

„Und dein Vater und seine neue Frau, haben die dir auch zugehört?", fragte Tessa dann. „Oder hat es sie nicht interessiert?"

„Meine Stiefmutter war und ist eine sehr liebenswerte Person, und sie ist immer gekommen, wenn ich bei besonderen Festen die Orgel gespielt habe, nur leider habe ich es ihr nicht gedankt", berichtete Ben. „Ich habe sie gehasst."

„Warum?"

„Ich habe ihr die Schuld an allem gegeben. An Mutters Tod, an dem Umzug nach Korbach und die Zeit im Internat."

„Du hast doch vorhin gesagt, dass es dir im Internat gefallen hat", wandte Tessa erstaunt ein.

„Nein, ich habe gesagt, es war das Beste, was mir passieren konnte", korrigierte Ben sie. „Ohne das Internat hätte ich nie die Kurve gekriegt. Dass ich heute eine Arbeit habe, die mir Freude macht, dass ich an der Universität forschen darf, wäre ohne die Zeit im Internat nicht möglich gewesen."

„Und deine Schwester, hatte sie auch so große Schwierigkeiten mit dem Tod eurer Mutter, oder war sie noch zu klein?"

„Sie ist meine Halbschwester und wurde zwei Jahre nach dem Tod meiner Mutter geboren." Ben lachte leise und fuhr fort: „An den Wochenenden war ich immer zu Hause und manchmal musste ich auf meine Schwester aufpassen. Sie war noch ganz klein, so etwa ein Jahr alt. An einem Sonntag konnte sie des Mittags nicht schlafen und schrie so laut, dass ich es einfach nicht mehr ertragen konnte. Ich habe mit den Fuß in meiner Wut gegen ihr Bett getreten. Plötzlich war sie still und hat mich angelächelt. Ich war total überrascht, hab sie aus dem Bett genommen und sie quietschte vor Vergnügen. Ich hab sie auf ihren Spielteppich gelegt und mich daneben gesetzt. Wir haben zusammen gespielt und zum ersten Mal hat es mich nicht gestört. Seitdem mochte ich sie und daran hat sich bis heute nichts geändert." Er machte eine kurze Pause und sprach weiter: „Wenn ich am Samstag zurückkam, hat Anna schon auf mich gewartet und ist mir begeistert um den Hals gefallen. In Korbach hatte ich wenig Bekannte, aber Anna hat dafür gesorgt, dass ich nie allein war, denn sie hing wie eine Klette an mir. Manchmal war mir das total lästig, aber ich konnte ihr nie lange böse sein."

„Ich fand sie sehr nett", sagte Tessa. Sie rieb sich die Hände, obwohl sie Handschuhe trug, waren sie eiskalt.

„Du bist kalt, komm lass uns gehen", sagte Ben.

Gemeinsam gingen sie zum Hotel zurück und Ben verabschiedete sich. „Denk dran, dass wir morgen in der Kirche üben. Sechzehn Uhr. Dann kannst du vorher noch Skifahren", sagte Ben beim Abschied.

Tessa nickte. „Ich bin pünktlich."

Sie holte tief Luft und sah ihm nach, wie er mit großen Schritten eilig fortstrebte. Plötzlich drehte er sich noch einmal um, winkte ihr zu und verschwand hinter der nächsten Hausecke.

\*\*\*

Am nächsten Tag um Punkt sechzehn Uhr betrat Tessa die Kirche. Von Ben keine Spur. Verwundert stieg sie die Treppe zu Orgel hinauf und sah hinunter. Es dauerte geraume Zeit, bis sie endlich die Kirchentür hörte und Ben hereinkam. Schnell stellte sich Tessa ganz in die Ecke, um nicht sofort gesehen zu werden. Ben ging zu seinem Platz und Tessa kam aus ihrem Versteck.

„Da bist du ja endlich", sagte sie. „War nicht sechzehn Uhr abgemacht?"

„Es ist genau vier Uhr am Nachmittag", entgegnete Ben empört und sah auf seine Uhr.

„Es ist sechzehn Uhr fünfzehn, Herr Professor", rügte Tessa. „Du solltest mal deine Uhr überprüfen, mein Handy zeigt übrigens die gleiche Zeit an."

Ben zog sein Handy aus der Tasche. „Oh, du hast recht. Entschuldige."

Er drückte den Lichtschalter, denn hier war das Tageslicht ziemlich schwach und in wenigen Minuten würde es sowieso dunkel sein.

Tessa konnte sich ein triumphierendes Lächeln nicht verkneifen.

„Du bist die erste Frau, die bei einem Date pünktlich ist", sagte Ben.

Tessa sah ihn erstaunt an. „Haben wir ein Date? Ich dachte, wir wollen arbeiten."

Er trat auf sie zu und zog sie an sich. „Wir könnten das Angenehme mit dem Nützlichen verbinden."

Tessa zog die Brauen hoch und sah ihn fest an. „Dann lass uns erst die Arbeit machen und später erklärst du mir, was du mit angenehm gemeint hast."

Ben lächelte. „Ich habe mich nicht geirrt, du hast wirklich Humor. Ich mag das." Er zog sie an sich und küsste sie zart.

Tessa erwiderte den Kuss nicht und drückte ihn mit beiden Händen zurück. „Ben, lass uns endlich anfangen. Ich will pünktlich zu Abend essen."

Ben seufzte. „Muss das sein?"

Tessa lachte. „Wo sind die Noten, Ben?"

Er reichte ihr das Heft mit den Liedern, die sie üben wollten und setzte sich an die Orgel. Tessa sang mehrere Lieder und Ben hörte gar nicht mehr auf zu spielen. Irgendwann wurde es ihr zu viel und sie sagte: „Für heute ist es aber genug, Ben. Es ist gleich sechs."

Er schrak zusammen und hielt inne. „Du hast so wunderbar gesungen, dass ich ganz die Zeit vergessen habe."

„Ben, ich bin den ganzen Tag Ski gefahren und hab seit dem Frühstück nichts gegessen", sagte Tessa. „Ich hab echt Hunger. Außerdem kenne ich fast alle Lieder auswendig, bis auf die letzten Strophen. Ich habe jahrelang im Chor gesungen."

Ben stand auf und nickte ihr zu. „Ich wusste nicht, dass du die Lieder so gut beherrschst. Ich glaube, mit zwei- dreimal üben kommen wir hin."

„Das ist doch einen Wort. Dann lass uns jetzt gehen." Tessa schnappte sich ihre dicke Steppjacke, die sie auf einen Hocker abgelegt hatte, und ging zur Tür.

Ben löschte das Licht und sie hörte seine eiligen Schritte auf der Treppe. „Warte doch, warum rennst du so", rief er.

Tessa ging zur Krippe und gab keine Antwort. Der Schein der Krippenbeleuchtung schien ihr ins Gesicht und sie betrachtete versunken die hölzernen Figuren, als Ben neben sie trat.

„Diese Krippe gab es schon, als ich noch in der Grundschule war", sagte er leise.

„Sie ist wunderschön", antworte Tessa ebenso leise.

Ben zog sie plötzlich sanft in seine Arme und küsste sie. Hart und fordernd lag sein Mund auf dem ihren und sie erwiderte den Kuss innig und fest. Lange standen sie so. Sie spürte Bens Hände und wünschte, dass dieser Moment der Verbundenheit nie enden würde. Erst nach einer gefühlten Ewigkeit lösten sie sich voneinander.

Hand in Hand verließen sie schweigend die Kirche und gingen zum Hotel, wo Frau Konrad schon mit dem Essen wartete.

„Bei allem Üben solltet ihr das Essen aber nicht vergessen", sagte sie schmunzelnd, denn natürlich hatte es sich bereits herumgesprochen, dass der Professor eine Urlauberin gefunden hatte, die am Heiligen Abend zur Orgel sang.

„Wissen die Leute im Dorf schon alle, dass wir gerade zusammen in der Kirche waren?", fragte Tessa leicht erregt.

„Frau Konrad wird geplaudert haben", sagte Ben. „Stört es dich?"

Tessa schüttelte den Kopf. „Mich kennt doch hier niemand."

„Dann ist es ja gut", sagte Ben.

„Was sagt eigentlich der Pfarrer, dass du eine Fremde für deine Lieder engagierst?" Tessa sah ihn herausfordernd an.

„Der überlässt das mir", sagte Ben leichthin.

„Dann ist es doch gut", antwortete Tessa und lächelte dabei Frau Konrad an, die gerade mit dem Essen kam. „Das sieht wieder total lecker aus, Frau Konrad."

„Hähnchenbrust mit Pilzragout und Petersilienkartoffeln, dazu gibt es Salat und zum Nachtisch Vanilleeis mit heißen Kirschen", deklarierte Frau Konrad stolz und entschwand.

Wie beim letzten Mal hatte Ben Wein bestellt und prostete ihr jetzt zu.

Tessa fasste ihr Glas gar nicht an, sondern machte sich mit Heißhunger über das Essen her. „Wenn mein Urlaub zu Ende ist, bin ich rund wie eine Kugel."

Ben grinste. „Das möchte ich sehen."

Tessa gab keine Antwort, sondern lachte nur. Das Abendessen war einfach total gut und beide aßen in einträchtigem Schweigen.

Tessa war glücklich, dass Ben bei ihr war, aber noch immer traute sie ihm nicht, und war überzeugt, dass es ihm nur darum ging, eine Sängerin für die Weihnachtstage zu haben. Sie schrak leicht zusammen, als Ben plötzlich fragte: „Was machst du heute Abend? Hast du schon was vor?"

„Heute Abend wollte ich eigentlich ganz früh schlafen gehen, um Morgen für die Gesangsstunde fit zu sein", sagte Tessa und sah ihn lächelnd an.

„Schade, ich wollte dir eigentlich mein Haus zeigen", gab Ben zurück.

„Das kenne ich doch schon", sagte Tessa gedehnt. Natürlich brannte sie darauf, sich sein Haus anzusehen, aber sie hatte Angst, mit ihm allein zu sein. „Ehrlich gesagt, gelüstet es mich momentan nicht nach einer Baustelle."

„Ach so, Madame möchte zum Ball oder so, da muss ich leider passen", presste Ben verärgert hervor.

Tessa zog ein bedauerndes Gesicht. „Schade, ich dachte, du hättest mich zum Après-Ski eingeladen."

Irritiert sah Ben sie an und sein Gesicht war mittlerweile zornrot und er zischte: „Willst du mich verarschen? Oder was soll das?"

„Sieht es so aus?" Tessa sah ihn unschuldig an. „Eigentlich warte ich immer noch auf deine Erklärung, was du mit angenehm gemeint hast."

Ben starrte sie an, als sei sie nicht ganz richtig im Kopf. „Angenehm?"

„Schon vergessen?" Tessa grinste. „Du wolltest das Angenehme mit dem Nützlichen verbinden. Das Singen ist erledigt. Wo bleibt das Angenehme?"

„Hatten wir das nicht schon?", konterte Ben leise.

„Ach so, du hast gemeint, dass wir uns die Krippe ansehen sollen." Tessa zog einen Schmollmund wie ein kleines Mädchen.

„Tessa hör auf", sagte Ben drohend. „Die Tour zieht bei mir nicht!"

„Auch gut", sagte sie, drückte ihm einen Kuss auf die Wangen und ging mit einem „Bis Morgen, Ben" davon.

\*\*\*

Tessa hatte sich gerade ein Pullover übergezogen, als es an der Tür klopfte. Sie öffnete einen Spalt und sah in Bens Gesicht.

„Tessa? Kann ich reinkommen?"

„Eigentlich wollte ich gerade duschen", sagte sie und rührte sich nicht von der Tür weg. „Was gibt es denn?"

„Ich wollte nur sagen, morgen können wir erst um sechzehn Uhr dreißig anfangen, ich habe einen Termin", sagte er.

„Gut, merk ich mir", erklärte Tessa knapp und setzte hinzu: „Stell deine Uhr, damit du nicht wieder zu spät bist. Tschüss, Ben."

Erst als Ben weg war, bereute Tessa ihr Vorgehen. Aber die Angst benutzt zu werden, war noch immer groß, und sie dachte plötzlich an Tom. Warum sollte Ben besser sein? Sie konnte es einfach nicht glauben und hatte schreckliche Angst, noch einmal so verletzt zu werden.

# 15. Kapitel

Tessa hatte wunderbar geschlafen. Der Tag im Schnee hatte ihr gut getan. Sie saß am Frühstückstisch und genoss die Ruhe. Einige Gäste waren schon weg und nur noch zwei ältere Ehepaare saßen in dem kleinen gemütlichen Frühstücksraum und plauderten leise miteinander. Das Frühstück war üppig und gut. In der Nacht hatte es geschneit, genau wie Ben vermutet hatte. Jetzt kämpfte sich eine blasse Sonne durch das Grau des Himmels. Tessa saß am Fenster und beobachtete es mit Freude.

Heute ließ Tessa sich Zeit, denn sie wollte nicht mit dem Bus zur Piste fahren, sondern den von Frau Konrad empfohlenen Loipen folgen. Sie wollte die Gegend kennenlernen, in der Ben aufgewachsen war. Sie musste lächeln, als sie an Ben dachte.

Richtig verärgert war er gewesen, als sie ihn gestern Abend einfach vor der Tür stehengelassen hatte, obwohl es ihr schwergefallen war. Wie gerne hätte sie ihn mit ins Zimmer genommen und noch einmal so eine wunderbare Nacht mit ihm verbracht wie in Kassel. Sie seufzte. Dieser Kuss vor der Krippe war so schön gewesen. Viel zu schnell war er vorbeigegangen. Aber sie musste durchhalten. Ben sollte sich nach ihr verzehren. Sie wollte, dass er sie liebte und nicht nur als Sängerin schätzte.

Tessa verließ den Frühstückstisch und ging auf ihr Zimmer. Noch einmal studierte sie genau den Plan für die Loipen. Und da war es, genau wie sie vermutet hatte. Eine der Loipen ging ganz nah an Bens

Bauernhof vorbei. Die ganze Runde war über eine Strecke von fünf Kilometern angelegt. Das würde sie heute locker schaffen.

Bens Vorschlag von gestern Abend fiel ihr ein. Natürlich interessierte sie sich für das Haus. Sie war ganz gespannt, was sich dort in den letzten drei Wochen getan hatte. Ben sollte es aber nicht wissen. Sie wollte ihn noch ein wenig auf Abstand halten, auch wenn es ihr echt schwerfiel. Aber gestern hatte es funktioniert. Er war richtig wütend gewesen und total enttäuscht, dass sie nicht mitgekommen war. Sie hatte es gleich gespürt.

Eine halbe Stunde später glitt Tessa durch die Loipe. Es war eine leichte Strecke und ein älteres Ehepaar, das morgens am Frühstückstisch gesessen hatte, war weit vor ihr. Eine knappe Stunde war Tessa schon unterwegs, immer die Hügel hinauf und mit Schwung wieder hinunter, als die Loipe an einer Straße wendete und zum Dorf zurückführte.

Die Sonne war mittlerweile ganz durchgekommen und Tessa machte erst einmal ein Foto und schickte es ihren Eltern, die bestimmt schon auf eine Nachricht von ihr warteten. Dann erneuerte sie ihren Sonnenschutz und überquerte die Straße. Tessa blickte zu dem Hügel hinüber, wo der Schornstein eines Daches hervorsah. Dort musste Bens Haus sein.

Tessa bestieg den Hügel, der ziemlich steil war und ihr einiges abverlangte. Oben angekommen blieb sie keuchend stehen und stellte begeistert fest, dass sie auf dem richtigen Weg war.

Zehn Minuten später stellte sie ihre Skier an der Scheune ab und ging langsam zum Wohnhaus hinüber. Erst jetzt konnte sie die Schönheit des alten Hauses richtig bewundern, dass nun von der Sonne beschienen wurde. Die roten Klinkersteine, mit denen das Fachwerk ausgemauert war, waren aufwändig gesäubert und neu gefugt worden. Als Blickfang diente die große Rundbogentür mit den Butzenscheiben. Der Weg daneben war geschottert, einzelne Steine waren durch die festgetretene Schneedecke zu sehen. Später sollten dort sicher Steine verlegt werden. Ben hatte provisorisch Holzbohlen verteilt, damit man mit sauberen Schuhen die Haustür erreichte.

Langsam ging Tessa zum seitlich gelegenen Hauseingang und war überrascht, als sie einen Blick durch die Scheiben des Vorraums warf. Alles war gefliest, und die Wände sauber verputzt und weiß gestrichen.

Auf dem Hof erklang Motorengeräusch. Sicher war das Ben. Tessa ging zurück und stellte fest, dass es nicht Ben, sondern seine Schwester war, die aus einem blauen Wagen ausstieg.

„Schön, dass wir uns wiedersehen", sagte Anna zur Begrüßung. „Ist Ben drinnen?"

Tessa zuckte die Schultern. „Keine Ahnung, ich bin zufällig mit Skiern hier vorbeigekommen."

„Ben hat das Haus fast fertig", sagte Anna. „Kommen Sie, ich habe einen Schlüssel. Sie können drinnen auf Ben warten, sicher ist er gleich zurück."

„Nein, danke", wehrte Tessa ab. „Ich warte, bis Ben da ist."

„Ach was", wischte Anna den Einwand lachend weg. „Ben ist garantiert einverstanden."

Etwas skeptisch ging Tessa nun mit hinein.

Das Haus war toll, genauso hätte sie es auch gestaltet. Küche und Wohnzimmer waren gleich geblieben, aber der kleine Flur hinter der Küche war vergrößert worden und führte nun zu mehreren Zimmern weiter.

„Vorher war hier doch eine Wand", sagte Tessa. „Oder irre ich mich?"

„Ben hat die Wand erst herausbrechen lassen, als die Räume dahinter fertig waren", sagte Anna. „Sie müssen doch wissen, wieso. Sie sind Architektin, oder?"

„Ja schon", sagte Tessa und bewunderte die Anordnung der Räume. Ben hatte alles so geschickt geplant, dass es eine wunderbare Einheit ergab. Nun waren alle Räume, auch das Bad, vom inneren Flur her zu betreten.

„Einfach toll, richtig zum Wohlfühlen", sagte Tessa bewundernd.

Anna nickte zustimmend und sah auf ihre Uhr. „Ben kann Ihnen das sicher alles genau erklären", sagte sie. „Sie können hier auf ihn warten. Bestimmt ist er gleich wieder da."

Tessa schüttelte den Kopf. „Ich weiß nicht, ob Ihrem Bruder das recht ist, ich gehe lieber wieder."

„Ben freut sich, wenn Sie da sind", sagte Anna mit Überzeugung.

„Trotzdem, ich muss weiter", sagte Tessa entschieden und verließ mit Anna das Haus.

Wahrscheinlich würde Ben toben, wenn er dahinterkam, dass sie sein Haus heimlich und allein angesehen hatte, wo sie doch sein Angebot am Abend zuvor abgelehnt hatte.

\*\*\*

Tessa betrat die Kirche wie am Tag zuvor pünktlich zur abgemachten Zeit. Sie schritt langsam durch den Mittelgang, als plötzlich Ben von einer Bank aufsprang und vor ihr stand.

„Was hast du bei mir im Haus zu suchen, wenn ich nicht da bin?", fauchte er sie wütend an und packte sie fest an den Schultern.

„Hat deine Schwester dir schon Bericht erstattet?", fragte Tessa spöttisch, obwohl ihr Herz klopfte wie ein Vorschlaghammer.

„Warum bist du gestern nicht mitgekommen?"

„Lass mich los, Ben", fauchte Tessa, ohne ihm eine Antwort zu geben. „Wollen wir üben oder soll ich wieder gehen?"

Mit einem Ruck ließ er sie los. „Dann komm!"

Tessa folgte ihm zur Orgel hinauf und ohne ein weiteres Wort begann Ben zu spielen. Tessa sang mit Inbrunst. Sie wollte, dass er sie liebte, und sie wollte, dass er ihr gehörte. All diese Gedanken legte sie in ihre Stimme und in die Lieder, die sie von Kindheit an kannte.

Sie hatten schon eine ganze Weile geübt und Tessa hatte völlig die Zeit vergessen. Lautes Klatschen ertönte plötzlich, und von unten erscholl eine Stimme: „Wunderbar, einfach wunderbar."

Gleich darauf kam der Pfarrer herauf.

„Ben, das war großartig", sagte er und wandte sich an Tessa: „Sie haben eine wunderschöne Stimme, wollen Sie nicht jedes Jahr in unserer Kirche singen?"

Tessa war so überrascht über das Lob, dass ihr die Worte fehlten.

Ben sagte stattdessen: „Herr Pfarrer, ich glaube, dass Frau Mattis kein Interesse an Ihrem Angebot hat."

Tessa zuckte lässig die Schultern. „Ganz abgeneigt bin ich nicht, Herr Pfarrer. Es macht mir richtig Spaß, allein schon weil Ben so gut spielt. Mal sehen. Vielleicht klappt es ja doch im nächsten Jahr."

Ben kniff wütend die Augen zusammen und funkelte sie böse an, sagte aber nichts.

Doch der Pfarrer ergriff begeistert ihre Hände. „Das wäre wirklich schön, Frau Mattis. Wohnen Sie in der Nähe?"

„Noch nicht, aber ich suche mir gerade einen Wohnung in Korbach, weil ich dort ab ersten Februar eine Arbeit annehme."

„Das liegt ja praktisch vor der Tür", erklärte der Pfarrer sichtlich erfreut und wandte sich an Ben: „Ben, Sie hätten mir ruhig sagen können, dass Frau Mattis demnächst hier wohnt. Ich bin auf jeden Fall froh, dass Sie eine so gute Solostimme für die Weihnachtstage gewinnen konnten." Sichtlich zufrieden ging der Pfarrer davon.

Kaum war er weg, fauchte Ben Tessa wütend an: „Wieso weiß ich nicht, dass du nach Korbach ziehst und dort eine Arbeit annimmst?"

„Du hast nicht gefragt, Ben", gab Tessa mit einem unschuldigen Augenaufschlag zurück. „Ich konnte doch nicht ahnen, dass es dich interessiert."

„Vergiss es!" Ben winkte verärgert ab. „Frau Konrad wartet mit dem Essen."

Als sie zurückgingen, fragte Tessa: „Bist du sehr böse, dass ich heute dein Haus angesehen habe? Es ist übrigens ganz toll geworden."

„Ich wollte es dir zeigen", sagte Ben, wohl überrascht über ihr Kompliment. „Ich wollte deine Meinung hören."

„Du bist doch Professor der Architektur, nicht ich", sagte Tessa. „Es steht mir nicht zu, dich zu beurteilen."

„Also war das grad nur ein Lippenbekenntnis", antwortete Ben und Tessa sah ihm an, dass er sich richtig ärgerte. „Du findest mein Haus in Wirklichkeit total blöd und wolltest mir nur einen Gefallen tun, weil ich Professor bin."

„Nein, ich war echt beeindruckt, genauso hätte ich es auch gestaltet."

„Im Ernst?" Ben stoppte mitten vor dem Hotel und blieb vor ihr stehen. Tessa nickte und plötzlich umfasste er sie mit den Armen und wirbelte sie herum. „Toll, dann kommst du nach dem Essen mit, und ich zeige dir das, was Anna vergessen hat."

„Ich weiß nicht so recht", sagte Tessa. „Eigentlich wollte ich nachher zur Piste. Heute Abend ist sie beleuchtet. Ich stelle mir das total schön vor. Frau Konrad hat extra den Bus bestellt."

Ben zog ein mürrisches Gesicht. „Warum sagst du nicht gleich, dass du nicht mit mir zusammen sein willst."

„Weil es nicht stimmt", sagte Tessa und öffnete die Tür zum Hotel. „Es ist gleich sieben. Frau Konrad wartet mit dem Essen."

„Hallo ihr beiden Turteltauben, das hat aber lange gedauert heute", begrüßte Frau Konrad sie, als sie am Tisch saßen. „Naja. Meine Tochter hat auch immer gejammert, dass Ben so streng ist."

„Genau", sagte Tessa grinsend. „Ben konnte gar nicht aufhören."

Frau Konrad lachte und eilte zu einem anderen Gast hinüber.

Ben zog eine säuerliche Miene. „Mach du nur weiter so. Irgendwann verliere ich die Geduld, dann kannst du was erleben", zischte er ihr zu.

„Ich bin schon ganz gespannt!", sagte Tessa, noch immer grinsend.

„Es wird mir eine Freude sein, wenn wir diese Gesangsstunden endlich hinter uns haben", brummte Ben. „Hoffentlich seh ich dich dann nie wieder."

„Wenn du es so ungern machst, können wir es doch gleich sein lassen", sagte Tessa und holte ihr Handy aus der Tasche. „Ich ruf den Pfarrer an und sage ihm, dass du es dir anders überlegt hast."

Mit einem Griff nahm Ben ihr das Handy ab. „Untersteh dich!"

Frau Konrad kam gerade mit dem Essen. „Habt ihr Streit? Jetzt so kurz vor Weihnachten?" Sie sah Ben strafend an. „Ben, so geht das nicht. Denk dir lieber ein hübsches Geschenk aus, vielleicht bleibt Frau Mattis dann für immer."

„Das hat mir grade noch gefehlt", knurrte Ben und Frau Konrad zwinkerte Tessa verschwörerisch zu.

„Im Dorf scheinen ja die tollsten Gerüchte umzugehen", vermutete Tessa.

„Ich interessiere mich nicht für den Dorfklatsch", sagte Ben, aber sein rotes Gesicht strafte seine Worte Lügen.

Tessa lächelte. „Dann ist es ja gut."

Sie aßen schweigend, jeder mit seinen Gedanken beschäftigt. Wobei Tessa zu gerne gewusst hätte, was in Bens Kopf vorging.

„Hast du nicht Lust, heute Abend mitzukommen", fragte sie ihn. „Es macht mir viel mehr Spaß, wenn du dabei bist."

Ben blickte überrascht auf. „Ach, so plötzlich?"

Tessa lächelte. „Ja, bitte fahr mit, Ben."

Ben zog die Brauen hoch. „Warum sollte ich das tun? Nur damit du mir nachher sagst, dass es langweilig war."

„Du musst schrecklich schlechte Erfahrungen gemacht haben, wenn du so von mir denkst", sagte Tessa und fügte leise hinzu: „Mach dir wegen der Dörfler keine Gedanken, die sind sowieso der Ansicht, dass wir ein Paar sind. Deine Schwester übrigens auch."

Ben starrte sie an. „Was hat Anna gesagt?"

„Nur, dass ich im Haus auf dich warten soll."

„Ach, daraus schließt du, dass sie denkt, wir wären ein Paar." Ben schüttelte den Kopf. „Jetzt fantasierst du aber."

„Glaubst du im Ernst, deine Schwester würde eine wildfremde Person unbeaufsichtigt in deinem Haus allein lassen?"

„Natürlich nicht!"

„Na siehste!" Tessa sah ihn triumphierend an.

Ben winkte ab und sagte: „Gut, ich komme mit, aber nur wenn du nachher mit mir nach Hause fährst."

„Ich frage mich, was das soll", sagte Tessa. „Ich hab schon fast alles gesehen und dein Schlafzimmer muss ich mir nun wirklich nicht ansehen."

„Mein …?" Ben sah sie zornig an, und wenn nicht so viele Gäste an den anderen Tischen gewesen wären, hätte er sie wahrscheinlich angebrüllt. „Ich habe nicht die Absicht, dir mein Bett zu zeigen", zischte er mit zusammengebissenen Zähnen.

„Dann ist ja alles in Ordnung", sagte Tessa leichthin. „Dann könnten wir doch gleich mit deinem Wagen fahren, oder?"

Ben rollte verärgert mit den Augen, stimmte aber zu.

\*\*\*

Sie standen draußen an der Piste und beobachteten die Skifahrer, die dort ihre Kunststücke vorführten. Der Hang war von oben bis unten beidseitig mit Fackeln begrenzt, was Tessa total romantisch fand. Gleich dort wo sie standen, war eine Bühne aufgebaut und ein DJ sorgte für die angesagtesten Hits der Saison. Immer wieder wurde zwischendurch die Piste zusätzlich zu den Fackeln mit bunten Lichten angestrahlt und der Schnee ringsum glitzerte in bunten Regenbogenfarben. Tessa hielt sich den ganzen Abend mit dem Alkohol zurück, denn plötzlich war Ben in Feierlaune. Er hatte Bekannte getroffen und unterhielt sich prächtig. Tessa amüsierte sich darüber, dass Bens Bekannte sie für seine Freundin hielten. Ben schien es nicht zu stören, er war so gut gelaunt wie den ganzen Abend nicht.

„Wir bestellen uns ein Taxi für die Rückfahrt, Tessa", sagte Ben. Tessa kippte die Schnäpse heimlich in den Schnee, weil sie wusste, wie schlecht ihr Alkohol bekam.

Es war schon weit nach Mitternacht, als sie Arm in Arm zu Bens Auto gingen. Tessa nahm ihm den Schlüssel ab, wehrte sich lachend gegen seine Zärtlichkeiten und fuhr ihn zu seinem Haus. Drinnen begleitete sie ihn bis zu seinem Schlafzimmer.

„Siehste", lallte Ben siegessicher. „Jetzt zeig ich dir doch mein Schlafzimmer." Tessa lachte und gab ihm einen kleinen Schubs, dass er aufs Bett fiel und zog ihm die Schuhe aus.

„Leg dich neben mich, Tessa, du bist so süß", lallte Ben.

Tessa strich ihm zärtlich über die Wange und verließ schweigend das Zimmer. Draußen rief sie sich ein Taxi. Bevor sie wegfuhr, sah sie noch einmal nach Ben. Er lag im Bett und schlief fest.

Sanft fuhr Tessa mit dem Finger über seinen akkurat gestutzten Bart. Es machte aus Ben genau den Menschen, den sie liebte. Seufzend küsste sie ihn und verließ das Haus.

# 16. Kapitel

Nach dem vergangen Abend schlief Tessa lange und den ganzen Tag überlegte sie, wie es wohl Ben ging. Erst am Nachmittag raffte sie sich zu einer kleinen Tour durch die Loipe rund ums Dorf auf. Doch sie hatte die Zeit falsch eingeschätzt und kam erst um sechzehn Uhr zurück. Hastig machte sie sich zurecht und lief zur Kirche.

Als sie kam, war noch alles dunkel, nur die Krippe war wie immer beleuchtet. Ben war nicht zu sehen. Ob er schon wartete? Oder war er schon wieder weg? Mit schnellen Schritten erklomm sie die Stufen zur Orgel. Erleichtert, dass er noch da war, sagte sie: „Entschuldige, Ben, ich bin aufgehalten worden."

„Dann können wir ja anfangen." Ben sah sie nicht an, sondern setzte sich an die Orgel und begann zu spielen.

Nach einer Stunde hörte er urplötzlich auf und sagte: „Für heute ist es genug. Lass uns gehen."

Tessa nickte. „Ich seh mir noch die Krippe an." Sie ging mit schnellen Schritten die Treppe hinunter. Ben hatte die ganze Zeit nichts gesagt und sein Blick war alles andere als freundlich gewesen.

Tessa saß mit klopfendem Herzen vor der Krippe und wartete. Es dauerte geraume Zeit, bis sie seine Schritte hörte.

„Danke, dass du mich gestern heimgebracht hast", sagte er und setzte sich neben sie.

Tessa schmiegte sich an ihn. „Geht es dir wieder besser?"

„Woher weißt du, dass es mir nicht gut ging?"

„Ich hab es dir angesehen, als ich kam", sagte Tessa.

„Es tut mir leid, dass ich mich so hab gehenlassen", sagte Ben leise. „Ich weiß auch nicht, was mit mir los war."

Er sah sie nicht an, drückte aber fest ihre Hand und in Tessa breite sich ein warmes Gefühl aus.

„Es war alles meine Schuld", sagte sie. „Ich hätte dich nicht überreden sollen, zum Après-Ski mitzukommen."

„Oh nein, du kannst nichts dafür", protestierte Ben bestimmt. „Das letzte Mal als ich mich so abgeschossen habe, war vor zwei Jahren, als ..." Ben brach ab.

„Und was ist da passiert?", fragte Tessa leise.

Ben holte tief Luft und winkte ab. „Nicht so wichtig."

„Es muss dich aber sehr beunruhigt haben", sagte Tessa und griff nach seiner Hand.

Ben nickte. „Stimmt. Damals hat mich meine Freundin Vera verlassen. Wir waren drei Jahre zusammen und sie hat einfach Schluss gemacht. Sie hatte es nicht einmal nötig, mit mir zu sprechen, sie hat meinen Anrufbeantworter benutzt."

Tessa sah die Wut in seinen Augen aufflackern und strich ihm sanft über den Arm. „Das muss sehr wehgetan haben."

Ben sah sie einen Moment ernst an und fuhr in seiner Schilderung fort: „An dem Abend, ich hatte mich gerade angezogen und wollte zu ihr, sah ich das rote Lämpchen am Anrufbeantworter und habe arglos drauf gedrückt." Ben fuhr sich mit beiden Händen durchs Haar und Tessa merkte, wie sehr ihn die Sache noch immer aufwühlte.

„Hallo Ben, wir müssen uns trennen. Ich habe mich verliebt." Spöttisch wiederholte er jetzt die Worte und setzte erregt hinzu: „Voller Wut habe ich den Anrufbeantworter an die Wand geworfen, dann bin zu ihrer Wohnung gefahren."

Wieder machte er eine Pause. „Sie hat nicht einmal so viel Anstand besessen, ihre neue Beziehung vor mir zu verbergen. Im Gegenteil! Als ich klingelte, kam sie Arm in Arm mit Arnd Barren, einem millionenschweren Immobilienmakler, an die Tür und sagte mit zuckersüßem Lächeln: „Hallo Ben, das ist mein Verlobter Arnd. Wir wollen im nächsten Jahr heiraten."

Tessa dachte daran, dass Tom nun mit ihrer Freundin liiert war, und konnte ihn sehr gut verstehen. „Das tut mir leid, Ben."

„Mir tut nur leid, dass ich dem Schnösel keine reingehauen habe", erklärte Ben sarkastisch und lächelte plötzlich. „Ich wollte nie wieder etwas mit einer Frau anfangen und dann bist du plötzlich bei mir im Schnee gelandet."

„Da hab ich nicht grad eine gute Figur gemacht", sagte Tessa selbstkritisch.

Ben lächelte. „Aber du hast dich wacker beim Schach geschlagen. Als ich dann mit dir getanzt hab, war ich einfach hin und weg."

„Du hast das nie gesagt."

„Ich dachte, das hättest du in unserer gemeinsamen Nacht gemerkt", sagte Ben. „Ich war ziemlich sauer, dass du einfach abgehauen bist."

Tessa seufzte. „Ich war total durcheinander, es war so schön mit dir, aber da war diese Angst, dass alles wieder vorbei ist, wenn du abreist. All die Frauen, die dich anhimmeln, nur wegen dir war doch am ersten Tag der Hörsaal so voll ..." Tessa stockte einen Moment: „Die

Sache mit meinem Job war auch nicht geklärt. Und dann hast du gesagt, dass mit uns wird nichts."

„Trotzdem konnte ich dich nicht vergessen", sagte Ben. „Ich war so froh, als ich dich hier in der Kirche wiedergesehen habe, obwohl du die Kühle, Unnahbare gespielt hast."

„Ich hab doch nicht gewusst, dass es dir wirklich ernst ist, Ben", sagte Tessa leise und senkte den Kopf, weil ihr vor lauter Glück Tränen in die Augen traten.

Ben zog sie an sich und sah ihr ins Gesicht. „Weinst du?"

„Nein." Tessa schüttelte den Kopf.

„Und was ist das?" Ganz sanft strich Ben über ihre Wange und wischte eine einzelne Träne weg. Tessa gab keine Antwort auf seine Frage.

Ben küsste sie. Sanft und zärtlich lagen seine Lippen auf ihren und Tessa erwiderte den Kuss mit Inbrunst und ihr Herz klopfte heftig. Sie spürte, wie seine Hand sich vorsichtig unter ihre Steppjacke tastete.

Tessa schob ihn zurück und sagte leicht außer Atem: „Ben, nicht hier in der Kirche. Lass uns heute Abend zu dir nach Hause fahren."

„Wirklich?"

Tessa nickte und sie verließen Hand in Hand das Gotteshaus.

\*\*\*

Es war acht Uhr als Tessa in Bens Auto stieg. Ben fuhr langsam, seine Hand lag auf Tessas Knie.

Im Haus angekommen, stellten beide ihre vom Schnee nassen Stiefel im Vorraum ab und Ben führte Tessa in sein Schafzimmer. Direkt vor seinem großen Doppelbett zog er sie sanft an sich und spielte mit einer Haarsträhne. „Das ist Natur, oder?", fragte er leise.

Tessa schluckte und ihr Herz krampfte sich zusammen. Ihr Haar war schon bei Tom ein Thema gewesen, er hätte den dunklen Blondton gerne heller gehabt.

„Mein Haar verträgt Färben nicht", sagte sie und sah beklommen in seine dunklen Augen, in denen sich jetzt ihr Gesicht spiegelte.

„Was für ein Glück", antwortete Ben und lächelte. „Es ist samtweich und hat bei Licht einen ganz zarten, rötlichen Schimmer, fast wie poliertes Erlenholz. Ich habe es schon damals bewundert, als du bei mir im Schnee gelandet bist."

„Echt?" Ungläubig sah Tessa ihn an.

„Mein Gott Tessa, wenn ich das sage, dann meine ich das auch so." Ben machte ein ernstes Gesicht. „Du musst doch längst gemerkt haben, dass mir was an dir liegt." Er vergrub seine Hände in ihrem Haar und ließ es dann leicht durch seine Finger gleiten. Dann hielt er inne und küsste sie sanft auf die Stirn. „Ich will keine andere Frau, Tessa. All die Mädchen, die mich anhimmeln, wie du gesagt hast, bedeuten mir nichts. Du bedeutest mir was." Tessas Herz machte ein Sprung und sie schlang die Arme um seinen Hals und küsste ihn.

Mit einem Ruck zog Ben ihr den Pullover über den Kopf und Tessa spürte augenblicklich das weiche Gewicht ihres Haares auf ihren nackten Schultern.

„Du bist wunderschön", flüsterte Ben. Seine Hände lagen leicht auf ihren Schultern und glitten sanft über ihren Rücken, wobei er jeden Wirbel einzeln berührte, was bei Tessa ein wundervolles Kribbeln im ganzen Körper auslöste. Sie spürte wie seine Finger geschickt den Verschluss ihres Spitzen-BHs öffneten und hielt für Sekunden erregt den Atem an. Sie konnte es kaum erwarten, und tastete mit zitternden Fingern nach den Knöpfen seines Hemdes. „Nicht", flüsterte Ben und Tessa hielt sich zurück, obwohl es ihr schwerfiel, und überließ sich ganz seiner Führung. Der BH fiel zur Erde und Ben massierte leicht ihre Brustwarzen, die unter seiner Berührung hart und fest wurden. Ein heißkalter Schauer erfasste Tessa, als Ben gleich darauf ihre Jeans öffnete und langsam herunterzog und mit den Fingern dabei zart an ihren Beinen entlangstrich.

Dann drückte Ben sie sanft auf sein Bett und streichelte ihre Wangen.

„Wie lange habe ich darauf gewartet", murmelte er und auf seinem Gesicht breitete sich ein zufriedenes Lächeln aus. Blitzschnell entledigte es sich seines Hemdes und seiner Jeans. Noch ehe Tessa es richtig registriert hatte, gab er ihr einen zarten Kuss auf die Stirn und sein Atem streifte angenehm warm ihr Gesicht.

„Ben, bitte", stöhnte Tessa erregt.

„Schscht", machte er leise und bahnte sich mit zärtlichen Küssen ein Weg von ihren Brüsten bis zu ihrem Nabel. Vorsichtig fuhr seinen Hand unter ihren Slip und streifte ihn ab. Sie spürte das Kitzeln seines Bartes zwischen ihren Schenkeln und Tessa Erregung steigerte sich ins Unermessliche. Ihr Körper stand in Flammen, sie wand sich unter ihm und reckte ihm ihr Becken entgegen. Ein leises Stöhnen entschlüpfte ihrem Mund, als er in sie eindrang. In der Erregung krallte sie ihre Nägel beim gemeinsamen Höhepunkt in seinen Rücken.

Eng umschlugen lagen sie dann nebeneinander und Tessa spürte das Klopfen seines Herzens, das ganz langsam fast im Gleichklang mit ihrem eigenen wieder zum normalen Rhythmus zurückfand.

\*\*\*

Es war acht Uhr, als Tessa aus dem Schlaf aufschreckte. Ben lag neben ihr, er schlief noch. Sie knipste das Licht an und betrachtete lächelnd sein Gesicht. All ihre Zweifel waren verschwunden. Viel zu lange hatte sie in Ben den gewissenlosen Macho gesehen, doch nun wusste sie, dass er sie wirklich liebte. Anfangs hatte sie nicht glauben können, dass Ben es ernst mit ihr meinte, aber das hatte gar nicht an Ben gelegen, es lag an der schlechten Erfahrung, die sie mit Tom gemacht hatte. Ben hatte ihr Herz schon damals im Schnee erobert, und die letzte Nacht hatte all ihre Zweifel ausgeräumt. Tessa wusste nun mit untrüglicher Sicherheit, dass sie immer zusammenbleiben würden, auch wenn Ben davon nichts gesagt hatte. Sie freute sich plötzlich unbändig auf Weihnachten.

Leise stand sie auf und ging ins Bad. Sie nahm die Bürste und strich damit durch ihren dichten Schopf. „Wie poliertes Erlenholz" hatte Ben gesagt. Noch nie hatte jemand so etwas Wunderschönes zu ihr gesagt. Tessa lächelte ihrem Spiegelbild zu und ging wieder ins Schlafzimmer zurück.

Ben war nur halb zugedeckt und sie betrachtete gedankenverloren den dunkeln Pelz auf seiner nackten Brust. Ganz zart fuhr sie mit dem Finger darüber und Ben schlug die Augen auf.

„Guten Morgen, Tessa", flüsterte er. „Gut geschlafen?"

Sie nickte und blickte in seine Augen, diese wundervollen Augen, die sie von Anfang an fasziniert hatten und in denen sich nun das Nachtlicht spiegelte. „Wunderbar", flüsterte sie.

Ben fasste nach ihrer Hand und sagte: „So möchte ich demnächst immer aufwachen. Mit dir an meiner Seite. Ich möchte, dass du bleibst Tessa. Für immer."

Tessa traten die Tränen in die Augen und sie nickte. „Ja, Ben. Für immer."

Ben küsste sie zärtlich und seine Hand strich sanft über ihre Brüste. Tessa spürte eine heiße Welle in sich aufsteigen, als er die Decke zurückwarf und sich mit kleinen Küssen den Weg über ihren Körper bahnte.

\*\*\*

Es dauerte noch über eine Stunde, bis sie am Frühstückstisch saßen. Ben zündete die Kerze an, die mitten auf dem Tisch stand.

„Heute ist der vierte Advent", sagte Tessa plötzlich. „Wieso hast du keinen Adventskranz?"

Ben schluckte und holte sein Handy hervor. „Mist!", stieß er wütend hervor. „Ich muss los."

„Wieso? Was ist denn?" Tessa sah ihn verständnislos an.

„Die Orgel! Um zehn ist Gottesdienst. Ich muss die Orgel spielen."

Er raste ins Schlafzimmer und kam Minuten später komplett angezogen zurück.

„Ich komme mit", sagte Tessa, die nur noch ihre Steppjacke überziehen musste.

# 17. Kapitel

Der Pfarrer kam gerade aus dem Haus und schloss sich ihnen an.

„Frau Mattis, wie schön Sie zu sehen", sagt er und nickte Ben zu. „Könnten Sie mir einen Gefallen tun und heute das Abschlusslied singen?"

Tessa blickte Ben an. Er lächelte und drückte zustimmend ihre Hand.

„Gerne", antwortete Tessa. „Ich wollte sowieso mit Ben zur Orgel hinauf."

„Mir wäre es lieber, sie würden sich an die Krippe setzen", sagte der Pfarrer. „Dann könnte ich Sie gleich der Gemeinde vorstellen."

Tessa wäre lieber mit Ben gegangen, aber Ben nickte nur, drückte noch einmal fest ihre Hand und sagte: „Ich geh dann mal zur Orgel rauf."

„Kommen Sie", sagte der Pfarrer, übergab Tessa einen Zettel mit dem Liedtext und ging voraus zur Seitentür, die durch die Sakristei zum Altar führte.

Tessa setzte sich auf die Bank vor der Krippe und im selben Moment erklang die Orgel. Tessas Gedanken waren bei Ben und sie durchlebte noch einmal die wundervolle Nacht mit ihm.

Der Gottesdienst neigte sich dem Ende zu und der Pfarrer gab gerade die Gottesdienstzeiten für die Weihnachtstage bekannt.

Tessa hörte gar nicht richtig hin, sosehr war sie in Gedanken, erst beim Schlusssatz horchte sie auf.

„Liebe Gemeinde, in der Christnacht wird es nun doch eine Sängerin geben, die für die erkrankte Eileen

Konrad einspringt. Sie hat sich bereiterklärt, schon heute das Ausgangslied zu singen, damit alle sich an ihrer Stimme erfreuen können."

Nervös stand Tessa auf und trat vor den Altar, direkt neben den Pfarrer. Ihr Herz klopfte vor Aufregung, als sie all die Leute vor sich sah, die in gespannter Erwartung nun zu ihr hinsahen. Das war etwas ganz anderes, als oben auf der Empore zu stehen. Am liebsten hätte Tessa jetzt einen Rückzieher gemacht, denn die Aufregung und Angst schnürten ihr die Kehle zu. Tessa schluckte und sah wieder die Menge vor sich, die bestimmt damit rechnete, dass sie Fehler machte. Doch dann dachte sie an Ben. Er war hier zu Hause, kannte jeden der Dörfler und hatte sie als Sängerin vorgeschlagen. Sie durfte ihn nicht enttäuschen. Das Blatt mit dem Liedtext zitterte in ihrer Hand, als die ersten Takte von der Orgel erklangen. Tessa holte noch einmal tief Luft und sang: „Macht hoch die Tür, die Tor macht weit, es kommt der Herr der Herrlichkeit."

Nach der ersten Strophe fiel die ganze Gemeinde ein. Tessas Herz ging auf, als alle mitsangen. Ben spielte alle Strophen bis zum Ende. Während des Liedes leerte sich nach und nach die Kirche.

Tessa wartete bis Ben von der Orgel kam und gemeinsam verließen sie das Gotteshaus.

\*\*\*

Am Heiligen Abend waren Tessa und Ben den ganzen Tag auf der Piste.

Ben war nicht nur ein toller Liebhaber, er war auch ein hervorragender Skifahrer und ein guter Gesellschafter. Es hatte Tessa richtig Freude gemacht, mit ihm zusammen zu sein. Gegen Abend hatten sie erst den Baum in Bens Wohnzimmer geschmückt und dann gemeinsam gekocht.

Kurz vor Mitternacht gingen sie die zwei Kilometer vom Haus zu Fuß zur Kirche. Als sie auf das Gotteshaus zusteuerten, wurden sie von allen Seiten freundlich begrüßt. Hand in Hand betraten sie die dunkle Kirche, die schon fast gefüllt war. Nur die Krippe und das ewige Licht sorgten für etwas Helligkeit.

Tessa und Ben gingen zur Orgel hinauf. Die Glocken verklangen und in der Kirche flammten die Lichter der Weihnachtsbäume auf. Tessa und Ben standen an der Empore und sahen hinunter. Der Pfarrer war ans Mikrophon getreten und las die Weihnachtsgeschichte vor. Nachdem er geendet hatte, begann Ben mit dem Orgelspiel. Auf sein Zeichen hin setzte Tessa mit ihrem Gesang ein.

Die Kerzen an den beiden Weihnachtsbäumen rechts und links vom Altar brannten und die Strohsterne leuchteten in sanftem Glanz. Zum Abendmahl sang Tessa: „Stille Nacht, Heilige Nacht." Als das Lied zu Ende war, klatschten die Leute vor Begeisterung. Es war ein wunderschöner Gottesdienst, der schönste, den Tessa je erlebt hatte.

Der Pfarrer wartete auf sie, bedankte sich bei Tessa und fragte: „Frau Mattis, würden Sie im nächsten Jahr wieder singen?"

Tessa lächelte. „Gerne Herr Pfarrer, aber nur wenn Ben die Orgel spielt."

Der Pfarrer blickte zu Ben und dann zu Tessa und sagte: „Wenn Ihr meinen Segen braucht, müsst Ihr es nur sagen."

Ben gab Tessa einen Kuss auf die Wange und antwortete: „Herr Pfarrer, wir melden uns. Frohe Weihnachten!" Mit einem letzten Blick auf die Lichter der Tannenbäume am Altar verließen Tessa und Ben die Kirche.

„Frohe Weihnachten!", hörten sie noch die Stimme des Pfarrers, dann fiel die Kirchentür hinter ihnen zu.

Vor der Kirche wurde sie von den Dörflern erwartet und von allen Seiten scholl ihnen der Weihnachtsgruß entgegen.

Mit festen Schritten traten Tessa und Ben Hand in Hand den Heimweg an.

\*\*\*

Am Nachmittag des ersten Weihnachtstages erwartete Ben seine Schwester Anna und ihre Mutter Rosa. Der Tannenbaum vor dem Rundbogenfenster zum Hof leuchtete und die bunten Kugeln, die sie am Heiligenabend aufgehängt hatten, spiegelten sich in den Butzenscheiben. Gemeinsam mit Ben hatte Tessa den Kaffeetisch gerade gedeckt, als draußen ein Auto vorfuhr.

„Da sind sie schon", sagte Ben.

Anna und ihre Mutter Rosa begrüßten die beiden herzlich und Tessa, die zuvor noch ein beklommenes Gefühl gehabt hatte, fühlte sich bei der gemeinsamen Kaffeetafel sofort wohl. Annas Mutter war eine liebenswerte, zierliche Frau, die Tessa gleich ins Herz schloss, und Anna war ihr ja schon zu Anfang sympathisch gewesen. Den ganzen Nachmittag unterhielten sie sich begeistert und als die beiden Frauen sich verabschiedeten, gingen Tessa und Ben mit hinaus und winkten ihnen zum Abschied. Sie standen vor dem Haus, bis die Rücklichter von Annas Auto nicht mehr zu sehen waren.

Tessa schmiegte sich an Ben und beide sahen zum Himmel hinauf, als es plötzlich zu schneien begann.

Tessa hielt ihre Hand auf, fing einige Schneeflocken und sagte: „So habe ich mir Weihnachten immer gewünscht, der geschmückte Baum und ganz viel Schnee!"

„Für mich ist es das Schönste, dass du jetzt bei mir bist", flüsterte Ben und küsste sie. Während die Flocken langsam auf sie niederrieselten, gingen sie eng umschlungen ins Haus zurück.

Lightning Source UK Ltd.
Milton Keynes UK
UKHW041118211221
396027UK00003B/363

9 783986 374075